Leão-de-chácara

João Antônio

Leão-de-chácara

COSACNAIFY

Malandros e merdunchos

> *Fui percebendo que só se pode fazer arte se for com pele, vísceras, arrebatando o interior. Percebi também que eu tinha um tema – a malandragem [...] O homem precisa ter alguma grandeza, tem de ter um momento de Homem pelo menos. Meu único medo é passar pelas coisas e não vê-las.*
>
> João Antônio – *Jornal do Brasil*, 12.1.1976

Leão-de-chácara representa um passo decisivo na trajetória artística de João Antônio e, de certa maneira, o público assim o entendeu, pois a primeira edição do livro esgotou-se apenas poucos dias depois de lançada, em 1975.

Publicado doze anos depois do sucesso de *Malagueta, Perus e Bacanaço* (o qual, lembre-se, recebera o prêmio Fábio Prado, além de realizar um feito inédito na história da premiação do Jabuti, o de ser agraciado com dois prêmios – Autor Revelação e Melhor Livro de Contos – em 1963), *Leão-de-chácara* era aguardado com a ansiedade que cerca o segundo livro de um escritor que teve uma estreia memorável.

Até hoje não se sabe ao certo a razão de um tão grande

intervalo de publicação entre o primeiro e o seu segundo livro, já que o próprio João Antônio apresentou em suas entrevistas, contraditoriamente, em oportunidades diferentes, motivos diversos para esse fato: a difícil situação editorial brasileira para o jovem escritor, a sua mudança para o Rio de Janeiro (que seria responsável por um grande impacto no escritor), o trabalho em vários jornais, na revista *Manchete*, o internamento em um sanatório. Provavelmente cada um desses motivos tenha tido o seu peso nesse silêncio. Não é provável, todavia, que tenha sido um único desses fatores, tomado isoladamente, a causa principal do longo silêncio de João Antônio, mesmo porque, durante esse período, o autor escrevera três textos: *Corpo a corpo* (mais tarde lançado com o título de *Malhação do Judas Carioca*), *Casa de loucos* e *Calvário e porres do pingente Afonso Henriques de Lima Barreto*, além de publicar o conto "Paulinho Perna Torta" no volume *Os dez mandamentos*, pela Editora Civilização Brasileira. Um exame retrospectivo de sua obra permite dizer que, muito possivelmente, esse intervalo deveu-se ao alto grau de exigência do autor em relação a seu trabalho, exigência essa potencializada, sem dúvida, pelas expectativas e pressões que o segundo livro sempre carrega.

Sob esse aspecto, *Leão-de-chácara* tem, portanto, papel importantíssimo na carreira literária de João Antônio, já que constitui, para o próprio autor, o amadurecimento de sua escrita e aponta para a permanência e consolidação de temas, linguagem e construção de personagens que marcarão a trajetória do seu trabalho artístico.

Dividido em duas partes ("Três contos do Rio" e "Um conto da Boca do Lixo"), o segundo livro de João Antônio deixa de lado a marca predominantemente paulistana de sua ficção (que levara muitos dos críticos a aproximá-lo de Alcântara Machado), para ampliar horizontes e instalar-se no Rio de Janeiro, local que seria eleito, doravante, como cenário privilegiado da maioria de seus textos.

Ao leitor desavisado vale lembrar, todavia, que a cartografia expressa nos textos transcende o mapa real, já que uma dose de sugestão se interpõe e, dessa forma, cada espaço é focalizado sob um olhar inquiridor que constrói a sua singularidade obtida, sobretudo, graças às ações e sensações dos personagens que percorrem ruas e becos, praças e ladeiras. É assim, por exemplo, com a pedra do Leme, referida no início do conto "Joãozinho da Babilônia", a qual deixa de ser apenas um topônimo, para integrar-se a um conjunto definido como uma imensidão escura, que deflagra o medo e explicita a profunda solidão do personagem protagonista. Ou, para usarmos as palavras de Paulinho Perna Torta, "cada rua, cada esquina tem sua cara. E cada uma é cada uma, não se repete mais".

O que se pode dizer com segurança é que João Antônio afirma-se definitivamente como o contista da cidade (seja ela São Paulo, Rio de Janeiro ou Amsterdã), explorando os significados das vivências urbanas, ressaltando a falta de vínculos reais e a extrema violência que permeiam a vida nas urbes modernas. E por isso seus personagens são seres condenados à solidão e ao isolamento, ainda que busquem desesperadamente o contato e alguma solidariedade (talvez por isso caminhem sempre – e tanto – ao encontro do Outro e em busca de si próprias).

Analisado em seu conjunto, *Leão-de-chácara* apresenta uma característica formal que demonstra uma adesão total a esse universo de seres desgarrados narrado nos contos: as histórias são dadas a partir da voz dos próprios personagens que protagonizam os acontecimentos, o que introduz o leitor nas franjas da sociedade, em um mundo habitado por "marafonas, bandidetes, travestidos, jogadores, gente da noite, da polícia, picaretas", enfim "gente descarrilada" a qual é enfocada a partir de seus próprios olhos e definida por suas próprias palavras. Ausenta-se, portanto, o olhar "de fora", o qual por certo redundaria em piedade ou desprezo por esses seres da margem.

Em apenas um dos contos ("Três cunhadas – Natal 1960") temos os "merdunchos",[1] categoria de personagens assim batizados por João Antônio por representarem em sua ficção os trabalhadores endividados, à volta com tacanhos problemas familiares, moradores da periferia das grandes cidades e cuja vida apertada apresenta-se-lhes sem sentido e direção. Sendo assim, não causa espanto que o conto tenha início com uma frase que, de certa maneira, resume a trajetória dos "merdunchos": "Isto não é vida", a qual se repete numerosas vezes ao longo do texto ("Também, aquilo não era vida. Vidinha chué, uma mão na frente, outra atrás"; "A cara sem expressão alguma, dolorosamente vai fazendo desfilar tédios, cansaços afetados e suas últimas grandes despesas"). Temos, assim, o homem anônimo, que não vive, "se aguenta", iluminado, na maior parte da narrativa, por um sol inclemente que o deixa ainda menor e mais perdido.

Sintomaticamente, essa é a única das quatro narrativas do livro que vem expressa a partir da voz de um narrador e em que a luz do sol ainda aparece com predomínio. Nas demais, os personagens (o leão-de-chácara do conto-título do volume, Joãozinho da Babilônia e Paulinho Perna Torta) tomam para si a tarefa de contarem eles mesmos os encontros e desencontros de suas vidas, fazem da noite o seu "habitat" e, na luta pela sobrevivência que se sobrepõe aos vínculos afetivos, a sua forma de estar no mundo.

E aqui estamos, sem dúvida, nos momentos mais fortes deste livro. Em um crescendo, as narrativas apresentam paulatinamente maior densidade quer nos desenhos dos personagens, quer nas situações por eles vividas, até que em "Paulinho Perna Torta" ocorre um dos momentos mais privilegiados do volume e da escrita de João Antônio.

Examinemos brevemente, entretanto, os contos que o antecedem.

"Leão-de-chácara" inicia por uma luz que se acende e uma porta que se abre, tal como um espetáculo teatral que se desvenda ao olhar do leitor:

"O luminoso se acende e, num golpe, fixa as oito letras do nome francês e isto aqui, a que os otários e os espertinhos chamam de buate, está aberto na noite. [...] Abro a porta de madeira falsamente antiga, trabalhada e de dourado. Com uma mesura, estendo o braço e ponho para casa o primeiro otário da noite."

É dessa maneira, sob a condução do leão-de-chácara Pirraça, cujo nome verdadeiro – Jaime – pouquíssimos sabem, que somos levados a conhecer os meandros da noite e suas atividades. Vangloriando-se de pouco ter errado na "carreira", o protagonista mostra o direito e o avesso da malandragem, franqueando a sua face suburbana ("dois bacuris no colégio, uma mulher honesta e casa em um subúrbio da Zona Norte do Rio de Janeiro) e os mandamentos do bom leão-de-chácara: a picardia, a manha e o interdito de "bobear e meter a mão numa cumbuca", isto é, apaixonar-se e ter ciúmes de alguma prostituta que trabalhe na mesma casa noturna que ele.

Os "macetes" da profissão e da baixa malandragem, os pequenos golpes e os crimes desfilam no monólogo desse homem da noite e adquirem um tom de normalidade assustador. E aí reside a força do conto: na falta de consciência que o personagem tem da brutalidade de suas relações, do mundo em que transita com tranquilidade e que franqueia ao leitor. Confiante nos anos de profissão, na sorte que o acompanha, no fato de não dar crédito a ninguém e, principalmente, na arma que está sempre ao seu alcance (a "automática, de pente pronto, cheio, dessas máquinas de guerra"), o leão-de-chácara procura manter o que considera uma posição privilegiada e que, ao final, revela-se uma falácia a quem toma conhecimento de sua vida.

Já Joãozinho da Babilônia, do conto homônimo, é o malandro que errou. Também leão-de-chácara, deixou-se levar pela paixão por Guiomar, prostituta mantida por um rico político, o "Batista Pamplona, doutor José Batista Pamplona, o Batista falado do Estado do Rio. Batistão, como gostava de ser tratado pelas mulheres". Na verdade, o seu "erro" é que o resgata, o humaniza e lhe dá densidade. Acompanhando tal movimento, verifica-se que a linguagem do conto, diferentemente do que acontece no texto anterior, tem momentos de lirismo (como na comparação entre os segredos do mar e os dos olhos da amada, logo no início da narrativa) e adquire maior agilidade por intermédio de parágrafos curtos e frases precisas, rápidas, além de existir uma maior complexidade do relato a partir dos constantes e rápidos *flashes* de antecipação do futuro trágico do amor entre Joãozinho da Babilônia e Guiomar.

Sob esse particular, o sentimento amoroso que o protagonista rejeita (note-se a afirmação "Diacho, Joãozinho da Babilônia tem janeiro na noite, não se ilude feito um menino. Estou pegando amizade") retira-o do mundo reificado em que cada um vale o que consegue surrupiar do otário mais próximo, para lançá-lo na corrente do humano e da paixão. É assim que Joãozinho da Babilônia insere-se na torrente dolorosa da consciência de sua precariedade e solidão, resgatando sua humanidade.

Ora, se no primeiro conto do livro, "Leão-de-chácara", o personagem protagonista ainda tem a ilusão de que é possível governar o próprio destino, sobrepondo-se aos acontecimentos, Joãozinho da Babilônia, no conto homônimo, apresenta-se desconcertado, sem tino nem direção, por ter cometido o "erro" de se ligar afetivamente a Guiomar; já Paulinho Perna Torta, ao final do relato de sua vida, adquire, dolorosamente, a consciência de que pregou a si próprio "uma mentirada enorme nestes anos todos", defronta-se com a própria solidão e, nesse movimento de mirar-se sem piedade, impregna-se de uma tragicidade que o engrandece sobremaneira. Estamos aqui, sem dúvida, frente a um dos melhores contos de João Antônio, como bem observou Antonio Candido:[2]

> João Antônio publicou em 1963 a vigorosa coletânea *Malagueta, Perus e Bacanaço*; mas a sua obra-prima (e obra-prima em nossa ficção) é o conto longo "Paulinho Perna Torta", de 1965. Nele parece realizar-se de maneira privilegiada a aspiração a uma prosa aderente a todos os níveis de realidade, graças ao fluxo do monólogo, à gíria, à abolição das diferenças entre falado e escrito, ao ritmo galopante da escrita, que acerta o passo com o pensamento para mostrar de maneira brutal a vida do crime e da prostituição.

No longo monólogo de Paulinho Perna Torta, em que toda a sua vida de bandidagem é passada em revista, avulta, sobretudo, a violência: desde a dura infância de abandono e a sobrevivência graças a expedientes, passando mais tarde pela cafetinagem, até o tráfico de drogas e o tornar-se um dos donos da Boca do

Lixo, a trajetória do protagonista aponta para uma brutalidade sem limites. É, no entanto, na linguagem que reside a grande força desse texto: o "ritmo galopante da escrita" faz-se, entre outros artifícios, por intermédio dos períodos curtos e linguagem incisiva:

> Lido com tóxicos. Desço à zona de Sorocaba e ao Retiro de Jundiaí. Compro o Pervetin a cem mangos e passo por oitocentos. Passadores de fumo vêm comigo. Nota encorpada. Só se trabalha com a melhor maconha, a pura. Cabeça-de-nego, vinda de Alagoas.

E assim as ações que o personagem realiza ("lidar", "comprar" e "passar", "trabalhar") apontam para a frenética atividade de um homem de negócios, com uma lógica implacável. É dessa maneira, mostrando o absurdo e a violência do mundo de Paulinho, perigosamente assemelhado, na sua lógica de obtenção do maior lucro possível, às relações que regem nosso cotidiano, que se abrem brechas à comparação e à reflexão. Sob esse particular, a consciência da precariedade e da solidão a que chega o protagonista ao final de sua trajetória, assemelha-se bastante àquela de Paulo Honório, o herói do romance *São Bernardo*, de Graciliano Ramos, o qual também vê, ao lançar um olhar retrospectivo em sua trajetória de lutas para obter poder e dinheiro, a inutilidade de uma vida devotada ao ganho. Surge, pois, da reflexão de Paulinho, a densidade do personagem:

> A gente pensa que está subindo muito nos pontos de uma carreira, mas apenas está se chegando para mais perto do fim. E como percebo, de repente, quando estou sozinho! [...]
>
> Tenho a impressão que me preguei uma mentirada enorme nestes anos todos.

É esse mais um dos "malandros tristes" de João Antônio.

Tania Macêdo

1. Em *Casa de loucos* João Antônio assim define esses personagens: "não são bem os bandidos, não são bem os marginais, são bem uns pés-de-chinelo, o pé-rapado, o zé-mané, o eira-sem-beira, o merduncho".
2. Referido por João Antônio no seu texto "Meus respeitos", in M. A. D' Incao & E. F. Scarabôtolo *Dentro do texto, dentro da vida: ensaios sobre Antonio Candido*. São Paulo: Cia. das Letras/Instituto Moreira Salles, 1992, p. 69.

Leão-de-chácara

Sumário

Para

Daniel Pedro de Andrade Ferreira

– *meu filho*

A

Afonso Henriques de Lima Barreto

– *pioneiro*

consagro

... com seus olhinhos infantis,
como os olhos de um bandido...

Esse cara, Caetano Veloso

TRÊS CONTOS DO RIO

Leão-de-chácara

É na esquina da vida
Que eu faço o confronto
Do malandro pronto e do otário
Que nasceu para milionário.

Esquina da vida, Noel Rosa

O luminoso se acende e, num golpe, fixa as oito letras do nome francês e isto aqui, a que os otários e os espertinhos chamam de buate, está aberto na noite. De olho em pé, aceso e bem. Que para essa gente afobadinha demais, metida a ter vontade, mal-acostumada, fantasiada com seus leros e ondas, quase tudo é folgança e prosa fiada. Ainda mais no começo da noite. E o pior é que o movimento e o rumor, as idas e vindas, essa fricoteira toda, para esses caras distraídos e de cabeça fria, é curtição.

– Faça o favor, doutor.

Curvo-me, estiro uma fineza, dou o lado direito ao cidadão e à madame. O gajo finge me conhecer para fazer média com a dona e eu entro na dele. Meu cumprimento é largo, igualmente cínico e conluiado. Abro a porta de madeira falsamente antiga, trabalhada e de dourado. Com uma mesura, estendo o braço e ponho para casa o primeiro otário da noite.

A cambada é grande, folgada, pensando que a noite lhe pertence, ainda mais aqui nestas casas da Zona Sul. O que vai me baixar pela frente não está em nenhum caderno. O que vai pintar de trouxa, espertinho, pé-grande, mocorongo do pé lambuzado, muquira, bêbado amador, loque, cavalo-de-teta, zé-mané dando bandeira, doutor de falsa fama, papagaio enfeitado, quiquiriquis, langanhos, paíbas, não será fácil. Eu aturando, ô pedreira! Para mim a noite vai ser de murro.

Na noite malhada e escrota, disciplinando mulheres, beliscando os otários, distribuindo mesuras e apanhando grojas, picardo e sonso; mas também molhando a mão dos ratos, que os arreglos são de lei, acabarei dando muitas de cerca-lourenço, muita piaba e bastante pau nessa cambada de fariseus, sambudos e mal-topados. Hoje é sexta-feira. E gajo solto nesta noite é falso boêmio, metido a alegre e sabidinho, achando que é algum manda-tudo na cidade. Mordo-lhes uma grana, é verdade, mas me dão canseira.

Não sou menino. De mais a mais, foi cedo que aprendi, debaixo de porrada, a ver sem salamaleques as coisas desta vida. Como outros, rolando na noite e nas virações, ganhei cedo um nome de guerra: Pirraça. Que desde pixote eu sou um mordido, um embirrado, não deixando para tirar forra de desacato depois da hora: deveu para Pirraça, tem de me pagar ali, em cima do lance e depressinha. Engraxei, lavei carro, vendi flores, amendoim, fui moleque de vida brava e, que me lembre, não tive grandes colheres de chá nem no Catumbi, nem no Estácio e nem em Fátima, lá nos barracos onde me criei. Conforme se vê, fui saber das coisas na rua, nos becos e muquifos e não sentia muita vontade de esquecer os ensinos. Uma bobeada, um escorregão e os bandidos mais velhos me tascavam safanão nas ventas. Nunca um bom conselho.

Também me virei no vidão da Lapa antiga, no tempo em que aqueles cabarés recebiam políticos, artistas, endinheirados, figurões e nababos. Não me dei bem como garção. Meu negócio forte era a briga, aprendida sempre em becos e ladeiras. Quanto menos espaço, melhor, e isto não é coisa para trouxa entender, não. O velho Manoel das Couves, um perigoso, hoje de cabelo branco, arrumado e mamando aluguéis lá pelos lados do Grajaú, era um pedra-noventa. Leão dos leões. Ele quem me notou a grossura da munheca e a pegada firme das pernadas. Comecei vigiando e leonando, pulando de casa em casa, mas todo o tempo na sombra do boi e levado pela mão de Manoel das Couves.

Muita vez o jogo me ajudou a levantar algum trocado. Tive mulher na vida, na rua ou nos *dancings*, se virando e mordendo os trouxas. Mas eu estava no ambiente e não era grande vantagem aliviar o pororó dos loques – pra que otário quer dinheiro?

Tudo isso e mais algumas trapalhadas que aprontei não permitem que eu me ache o bem-bom, o ponta-firme, o coleiro-virado ou o sete-estrelo dos pontos. Nada. Mas é em cima de muita subida e muita piora que hoje me arrisco a dar fé de algumas coisas que sinto.

No mundo tem dois tipos de gente: os que aturam e os que faturam. E a grana vai falando mais alto e grosso. Cá de minha parte, tenho faturado pouco e aturado muito. Outras certezas: em lagoa de piranha, jacaré nada de costas ou procura as margens. Quem vacilar e não for duro se estrepa. A vida não costuma fazer graça pra ninguém. É como a féria que eu cato no fim da noite; ela chega porque me viro. Botem fé, nada cai do céu ou nasce por acaso. O que cai do céu é chuva e esta vida cachorra é uma dissimulada dos capetas, em que cada um está na sua, bem plantado e disfarçado. E, lá por dentro, uns querendo que os outros se ralem. O esperto muito acordado, o trouxa muito cavalo e o beldroegas. No fundo – fundo mesmo, empatam: cada um corre atrás do seu pedaço. Podendo, um come o outro pela perna. O otário mete grana em mão de mulher porque ela o atura na cama e nas vontades. Vem o malandreco, o cafiolo, e apanha a nota da infeliz. Mas esse mordedor também perde a boca se não disciplinar, orientar, aturar a mina; é um preço. Aquilo que dá grana, dá canseira.

Dando um balanço, vou vivendo. Hoje pego trem da Central todos os dias para batalhar nas casas da cidade. Mas já tive carro, que passei nos cobres para movimentar o capital em jogo, agiotagem e, quase toda a noite, descontar cheque de otário a juro alto de um dia e cobrado antes. Quem me vê aqui montando guarda do lado de fora da casa, levando frio nas pernas e no lombo e curtindo madrugada com este quepe na cabeça, parrudo mas jeitoso, pode me julgar um pé-de-chinelo sem eira nem beira. Plantado como um dois-de-paus. Um porteirinho mixuruco e só. Falando claro, até gosto que se pense assim: minha dissimulação é dos sete capetas. Enquanto pareço uma maria-judia e um merduncho, vou mexendo minhas arrumações e tenderepás, que só o meu povo, os cabras sarados da noite, os boiquiras das malandrices, os mamoeiros muito acordados é que sabem. A minha gente.

Deram para xingar esta minha viração de leão-de-chácara. Não gosto do nome. Ele marca e deixa na cara uma situação de fortaleza e mando. Isso é ruim. Prefiro que os trouxas me tratem como porteiro, como seu Zé ou como Pirraça. Já é um disfarce, um agá. E que me permite fazer negaças e confundir a maioria quando a situação é preta. De mais a mais, em trinta anos de janela é raro um cara que saiba o meu nome – Jaime. O falador se dá mal na vida e o come-quieto só come porque não fala. Depois, eu gosto de respeito e distância com os fariseus a quem sirvo e aturo. A mim, quando me convém, respeito até menino vendedor de amendoim. Leão-de-chácara e toda a leonagem é um chaveco novo na noite do Rio. Tem mais de quinze anos, não. Alcancei tudo isso: na quizumba e no esporro das rodas da Lapa, num tempo de ouro. Ali se enrustia a maior escola que um bandido podia ter.

Até o finalzinho da guerra, em 45, e depois até as beiradas do ano de 55, devia haver interesse dos homens para que as casas da noite ficassem abertas. Xingava-se aquilo de pensões alegres e coisa e tal. Rasgando o verbo, eram cabarés e bordéis de polacas e francesas, umas gringas curemas, malandrecas muito escoladas no trato com otários endinheirados, figurões que não podiam ser vistos na farra. Umas professoras, umas gatas meladas e cheias de manha, tanto que algumas arrumaram o tufo do dinheiro, caftinaram alto, fizeram e dirigiram marafonas.

Os majorengos das leis destacavam gente deles, de confiança e fé, para proteção daqueles bocas do inferno. Uma turma da pesada, todos ferrabrás, quebra-largados na luta, selecionados na Polícia Especial, traquejados nos exercícios para levar e dar porrada. Isso vai longe, bastando ver que eram escolados no Morro de Santo Antônio, nas lutas livres e na ginástica com cordas.

De capoeira não precisavam, que essa se ganhava nas ruas mesmo, no tenderepá feio da vida. Longe esse tempo, bem antes da geração do judô, do karatê e da capoeira que agora se aprende – e se esconde – nas academias da Zona Sul da cidade.

Aquele não era tempo de leonagem. Mas as bocadas da noite já tinham seus guardadores. Alguns deixaram nome, firmaram-se virando lenda nos boatos da noite. Boquejava-se deles até o que nunca fizeram. Que não é de hoje que da gente da boêmia só se falam as grandezas e as glórias; os fiascos e os sofrimentos acabam ficando pra lá, esquecidos na poeira dos anos. Mas é verdade que havia um trio poderoso, linha de frente: Guarabira, Cachacinha e Caruara. Valentes muito sérios, professores de briga, ferviam, encaravam, arrepiavam os ambientes mais pesados e até os bailes do Carnaval antigo. Espertos como relógios.

Aqueles machuchos da PE* tinham os bailes na mão e traziam na corda curta, dominavam o campo, conluiavam-se, distribuíam-se por tudo quanto era cantão. Os grandes salões eram deles: Tenentes do Diabo, Embaixadores, Fenianos, Bola Preta, Banda de Portugal. Quiquiricavam e mandavam de galos nos cabarés e leonavam, mal-encarados, também pelos bordéis, pelos *dancings* e gafieiras que eram quentes e hoje estão apagadas: a Elite, a Estudantina Musical, o Dragão... Ninguém falasse enviesado com um cobrão daqueles, um mundrungueiro das

* Polícia Especial.

picardias, sem correr o risco na pele. Guarabira, o mais falado dos três, mandava na ordem dos bailes do Bola Preta. Por aí já se sente a pisada firme do homem. Os bailes do Bola eram uma misturação de tudo que era bicho da noite: mulheres de *dancings*, cabras iniciados em jogo e malandrices ao lado de gente forte no dinheiro ou famosa nos seus ramos, artistas e homens do serviço público. Um balaio delicado de se guardar, necessário saber direitinho com quem se estava lidando. Apesar da sua marra, o velho Guarabira não podia, por exemplo, ajustar e botar pra fora da casa um tipo bebum, cachaça, quizumbeiro e que estivesse armando alteração. Não descia o braço assim-assim, tinha de pensar, bem pensado e três vezes antes. Que o freguês misturado àquela variedade de gente bem podia ser um majorengo enrustido, um manda-tudo lá do seu ramo. Se até políticos apareciam no Bola, cuidar do caroço não era fácil.

Aqueles antigos eram empenhados. Enfrentaram, encararam e deram cartas em tempo de navalha comendo solta na mão dos vivórios, que mesmo sem ela e sem o soco-inglês, só na pernada, na cabeçada e na capoeira, botavam três-quatro valentes pra correr. Os malandros grandes – Meia-Noite, Madame Satã, Camisa Preta, Miguelzinho da Lapa, Saturnino, João Cobra, Nélson Naval, Caneta – davam o tom e jogavam de mão na Lapa, num pedação da Cinelândia e no Mangue. Tinham suas mulheres na vida e malandravam com os homens da polícia. Era um tempo de pisada brava e um porteiro de casa da noite tinha de ser um acordado e manhoso.

É uma topada. Tudo tem seu senão neste mundo. As ondas mudaram a cidade, as marés da boêmia já tocaram do centro para a Zona Sul, já voltaram para o Centro e hoje estão divididas. As beiradas do cais, por exemplo, lá pelos cantões da Praça Mauá, fazem um corredor só, fervendo de inferninhos. Ali, a leonagem de hoje é mais poderosa e, no entanto, vacila o dobro. Não, não que eu tenha saudade do passado, que hoje vivo bem mais na sombra do boi do que os antigos (e não sou um cabra dado a fricotes); mas é que nos idos da malandragem não se dava um caso como o da semana que passou.

Dia desses, lá em Ramos, um leão deu mancada, caindo de quatro e levando pra cucuia até a casa que guardava, perdendo a linha e o respeito de malandro, se mordendo de ciúmes por uma mina fuleira, muito da xexelenta e relaxada, uma sem-vergonha precisando de uma lição. Ficou queimado e fechou o paletó de um trouxa. Almoçou o coió. Fez o cara, mas fez malfeito e entortou a gaiola. O caso anda rolando aí na boataria das curriolas, à boca pequena, que ninguém é besta. E a rataria, gente esperta demais, que quando os jornais falam, precisa apresentar serviço, está fuçando tudo, encarnando, atrás do leão. Até já vieram me sondar. Mas se dá que eu sou um boca de mocó e daqui não se arranca nada. Nem vem que não tem.

O caso é que o leão era um tal Miguelito. Um loque baixou no inferninho descendo de uma kombi. Bateu a porta, entrou, pediu um beberete, embeiçou-se duma bailarina, uma fedida com nome de Maricele. Uma hora depois, a boneca saiu da casa de braço com o trouxa. O leão encarou os dois, enciumado:

– Onde é que a senhora pensa que vai, princesa? Seu expediente ainda não terminou.

A mulher empombou-se num rompante e desrespeitou, desacatando que não tinha nenhum contrato com a casa. O otário quis abrir o bico. O leão foi avisando que ela perderia o emprego se não se disciplinasse. E mais: teimasse naquela folgança e Miguelito ia botar a boca na trombeta. A infeliz não teria mais ocupação na noite do Rio, a não ser na rua, batalhando, encarando a frio o *trottoir*. Então, a tal Maricele arreganhou-se para o mocorongo:

– Meu neguinho, me espera lá fora, qu'eu saio às quatro.

O leão ficou mordido, trancou a cara, sentiu que a mulher ia mesmo dormir com o outro. Claro que Maricele era mulher de cama do leão Miguelito. Ôpa! Ele estava gostando da dona, mas se esqueceu de uma lei dos malandros: a gente vê com os olhos e lambe com a testa. E fica esperando a hora. Depois, então, come com a boca toda. É de lei. Outra coisa: quem tem ciúme de marafona é coronel. Bem, o freguês foi para a kombi esperar a mulher, sentou-se; o leão se chegou para o cara, não disse um a. Devagar, sacou da máquina, mirou direitinho e plantou-lhe um teco na testa. O zé-mané caiu durinho. O tiro barulhou como uma senha. O dono do inferninho, que não era morto, voou para longe do Rio, que já carregava uns dois-três processos no lombo:

lenocínio e outras encrencas. Foi o fim daquela boca de Ramos. Seu fechamento é para sempre.

Um leão bobear e meter a mão numa cumbuca dessas não se via no tempo dos antigos.

E hoje temos tudo. Com o sumiço dos bordéis de tradição, com a *blitz* atacando a vida das mulheres na rua, o *trottoir* foi sendo apagado e a viração das minas deu para se enrustir e ferver nas buates e inferninhos.

O ano preto do *trottoir* foi o do IV Centenário. Os homens dos costumes partiram ansiosos para as ruas e de supetão fecharam hotelecos, meteram muito explorador e mulheres na cadeia. Vieram outras polícias e engrossaram a barra. Um tempo feio, um rabo-de-foguete. Os homens queriam limpar a cidade que ia receber gente importante e precisava ficar bonitinha para o IV Centenário. Foi um arrastão – ladrão, marafona, pedinte, maltrapilho, indigente, esmoleiro, cego de rua, engraxate, aleijado, limpador de carro – e toda a arraia-miúda andou mal de vida, indo mofar no xadrez. A vida cachorra é assim. Os homens lá em cima assinam um papel e a gente aqui embaixo, na vida, vai comendo quente, aguentando ripada no lombo e cadeia. Comendo o pão que o capeta amassou com o rabo.

O cabaré ficou pra lá, os últimos se desmilinguiram na Lapa – Novo México, Brasil Dourado, Primor. O Casanova ainda anda aberto, capengando das duas pernas, numa pior que mete nojo. Aquilo, sim, dá saudade.

Buate também é chaveco novo que baixou aqui, pouco antes

de 45. Era diversão para soldados e combatentes, marujos, gente amargando e que se deixava enganar porque queria, aceitava o que a buate era e é: lugar apertado e escuro, nota alta, todo mundo muito sozinho, bebida fajuta, mulheres fuleiras. Os combatentes eram sabidos, vividos, andados, topei alguns que conheciam quase todos os cantos do mundo, doutores no conhecimento das estranjas. Mas não ligavam pro azar e nem estavam a fim de discutir bebida, mulher, música; queriam expandir, refrescar, desanuviar a cabeça das misérias da guerra. Por isso toleravam essas porcarias. Depois da guerra, as casas da noite viraram só antessala de bordéis. O trouxa entra, dá com aquilo atopetado de donas, escolhe uma, paga bebida e depois vai dormir com a piranha. Bebe-se uísque batizado de água e iodo. A marafona pede chá-mate e seu otário paga preço de uísque importado.

Quem ganhou com a limpeza fui eu. E os outros, os leões, a leonagem raiada. A gente começou a nadar de braçada, à vontade e com folgança. Deitando e rolando, nossa patota foi se fazendo dona da noite. Tomamos o campo, nos unimos em conluio e dividimos a cidade. Evitando confusão, vamos nos revezando – um leão não deve ficar mais de seis-oito meses em casa alguma. Assim, ficamos por dentro de tudo na noite e os donos das casas dependem cada vez mais da gente. Os leões grandes, Califa, Lupércio e Duca, pegaram o comando da curriola e fizeram uma lei. Só é leão quem é da patota e guerra em cima de quem se meter a sabido. Sapo de fora não chia. Como no código dos bandidos:

– Quer moleza? Vá morder água.

Com a *blitz* malhando, fechando em cima do *trottoir*, começava a tomar chá-de-sumiço aquele tipinho de cafetão, cafiolo, cafiola de uma mulher só. Com a mina em cana, o malandro se apavorava, tinha de se virar e caía fora da noite. Ia pelejar como qualquer otário. E os valentes passaram a ser os leões. É com a gente mesmo: se a viração das mulheres, se a batalha delas é dentro das buates e inferninhos, são os leões que disciplinam, protegem. E não tem colher de chá. Pensando direitinho, elas sofriam mais na mão dos cafetões. Porque eles viviam só do dinheiro delas e apertavam mais a prensa. Então, tem que ser é com a gente mesmo. Escreveu, não leu, já viu: a gente machuca mesmo. Bate como se estivesse malhando um homem. Sem os leões, elas não vivem. Meu apelido é Pirraça e ele não me chegou sem bom motivo. Se uma mulher não for linha de frente e não me obedecer legal, boto a boca no trombone, os leões todos se alertam e ela não arruma emprego na viração das buates nunca mais. Vai ficar na saudade. Só se cair pra rua e isso ela não quer: tomará toda cana dos homens dos costumes que vai virar chave de cadeia.

Quem controla as mulheres manda no inferninho. Se uma casa da noite não tiver mulher, pode arriar as portas porque vai pro brejo. Os otários só entram por causa das vadias. Então, até o gerente e o dono da casa dependem da gente. O baralho todo está na nossa mãozinha. Nenhum porteiro de toda a patota ganha mais de seiscentos cruzeiros por mês. E daí? Isso não está dizendo nada. Um leão ajuizado, cabeça no lugar, maneiro, jeitoso, arranca a erva de todos: do gerente da casa, dos fregueses e de tudo quanto for mocorongo que aparecer dando sopa. É verdade que precisa ser devagar, mas que a grana sai, sai. Falei.

Nem vida ruim, nem boa. É vida. O que me deixa fulo é, quando em quando, um leão dar mancada e sujar a barra da gente, como o Miguelito, de Ramos. Também um enrosco na Praça Mauá me largou sacaneado. Miçanga, o leão de uma das buates do cais, era faixa meu e andou mal na profissão. Fez bobagem lá em Santos e correram com ele. Na matina, bateu-me aqui, querendo emprego e vinte pratas para matar a fome. Andava caladão e magriço. Espetei a barriga do malandro com o dedo:

– Guenta aí, meu compadre, que a gente vai comer uma galinha mais logo, rabo da manhã, lá no Beco da Fome, no muquifo da Das Dores.

No outro dia, me mandei mais cedo de casa lá de Inhaúma. Ia cavar uma viração pro Miçanga, que o cara estava na pior, mas era bom de luta e nunca foi de engessar companheiro. Bati perna, falei, boquejei, pedi, arranjei um gancho para ele lá na Mauá. Nem pedi nada em troca:

– Olhe aí, parceirinho, juízo agora, hein ô?

Mas é uma parada. Quando urubu está de azar, o de cima faz no de baixo. Miçanga, com dez dias de trabalho, me apronta. Baixa no inferninho um trouxa que bebe, come, apalpa mulher, torna a beber, torna a comer. Queima o pé nas bebidas caras. Mas o pedaço de zé-mané estava duro, teso. O gerente falou com Miçanga. Lá vai o leão, meu camarada, e conversa o freguês. Primeiro, na baba de quiabo:

– Como é que é, distinto? O senhor vai pagar.

O cara disse que não tinha, estava amarrotado naquele momento, mas era isso e aquilo na vida, e toda a despesa ia ficar por isso mesmo. Miçanga não vacilou. Chifrou o cara, dando-lhe um muquete no meio da caixa do pensamento. Urubu de cima faz no de baixo. O otário carregava máquina e deu ao gatilho. O teco foi se plantar no peito do baterista do conjunto. Uma zorra, corre-corre, tropel arreliado, mulher desmaiando, gente fricotando, polícia chegando, cacete. O leão Miçanga deu sorte: ganhou as ruas, deu o pirandelo, tomou chá-de-pira e até agora ninguém viu em que buraco, fora do asfalto, ele se enfiou. Está corrido, pelos morros.

Os leões velhos eram mais de fé. A meninada de agora tem malandrice na luta, mas não sabe dar açúcar ao freguês, adoçar os mocorongos, tirar na picardia e na manha. Aturar. É tudo rapaz desempregado, do tipo boa-vida e bonitão, alguns até de família. Trambicam como leões porque não têm capacidade ou não encontram outro jeitão de vida. De comum, passaram por academia de luta e vivem pretos de sol e praia. As mulheres se embeiçam deles, os gostosões das candongas. Algumas lhes oferecem dinheiro para ganhar o amorzinho. Depois, têm ainda a groja dos otários. Mas essa pixotada, maioria deles, não leva juízo. Querem quiquiricar de galo, dando trela a mulher, se estourando com os trouxas.

Um desacerto. O bem-bom é tomar na baba de quiabo, na maciota. Como se diz, cá no ambiente:

– A mina dá a mão cheia de dedos para o leão meter no buraco do bolso.

Que de pagar tudo o que consome, bebida, cigarros, comida, farras de cama, um leão-de-chácara gosta pouco. Isso é certo como um dia a gente vai morrer. A infeliz tem de servir ao mais acordado, tem de dar na marra. Tutu, o vento, o verdadeiro, a erva.

Que não sou menino, já disse. Moro na Zona Norte, lá onde o Judas perdeu as botas, e viajar nos trens da Central não é refresco. Estou nos 48, tenho dois bacuris no colégio, uma mulher honesta. Na minha casa, em Inhaúma, tem uma horta e um papagaio que veio do Pará. Depois do almoço, me distraio cachimbando, dando uma capinada na terra e apanhando sol. Gosto disso tudo e bem. Também acontece que os meus cabelos estão pintando de branco. E não posso brincar em serviço. Não será agora, raspando a velhice, que facilitarei, dando as costas para algum, mais malandro, me fisgar e afanar a vida. Leão também morre, sabiam? Desconfio. Mal-encarado, todo o tempo na minha, não há vivório que me arranque palavra ou informação distraída. Procuro, me empenho para saber onde piso. Há sempre um e outro moço forte, do esporte, das academias de luta, querendo uma boca como leão. Rondando, campanando. Pretendendo boa vida e a fim de tudo quanto é sujeira para desacreditar um porteiro já coroa como eu, com um pouco de barriga.

Está na cara que não sou o mesmo dos vinte anos. Desmoralizar, pisar nele e tomar o lugar, a sombra do boi, a mamata.

Onde há tutu, os piranhudos vêm morder. E já era assim no tempo dos antigos. Por essas e por outras, isto aqui que trago à direita da cintura, enrustido, mas fazendo volume do lado de fora do paletó, não é nenhuma lata de vaselina. É uma automática, de pente pronto, cheio, dessas máquinas de guerra que comprei de um marítimo e que só os majorengos das três armas podem usar.

Três cunhadas – Natal 1960

Isto não é vida.

Mas a gente toma o primeiro chope do dia e é como se tudo começasse de novo.

Da porta do botequim, o sujeito se chega para as beiradas do balcão. Encosta-se ao mármore, fica olhando para os baixos da cafeteira onde a imundície meio marrom, meio preta, vai encardindo azulejos. O calor dando nos nervos, as moscas numa agitação embirrada.

– Me dá um chopinho.

O moleque dá uma ginga, vai catar o copo.

Engole de uma, duas talagadas. Deixa o pensamento zanzar numas coisas, os dedos virando o copo gelado. É. O que esculhamba a vida da gente são as prestações.

– Queria um tira-gosto, tem?

O torresmo. Mascou, bebeu, pagou. Saiu.

Cada vez mais quieto vai à praça, e no meio do povo, se enfia para a barca de Niterói. Sente as notas no bolso, um aborrecimento. Necessário se espremer como um sabido, não gastar mais de vinte mil com o presente das cunhadas. Também, a mulher não o devia aporrinhar com aquelas ocupações domésticas. Diacho. A mulher bem poderia ter comprado os presentes para as irmãs, dado logo um tiro naquilo. Ele não. Não entendia dessa coisa de presentes. E o pior seria quando começasse o mês, no comecinho do novo ano, a mensalidade da geladeira e do liquidificador. Que ele nunca sabia a quantas andava. Amassou o cigarro e os olhos baixaram.

– Essas porcarias comem a gente por uma perna.

Um pensamento fanado passou-lhe. E se o diabo da mulher tivesse comprado os presentes a prestações em setembro ou outubro – não teria sido uma economia?

Encalistrado. Assim pelo resto da travessia, aboletado no seu canto e curtindo aquele embaraço, quietamente.

– Borboleta! Olha a borboleta!

Os preços driblam na Praça Quinze. O homem é empurrado para os lados do Largo da Carioca. Ali se pede, se rasteja, se esmola. Molecadinha bate pandeiro e canta em louvor a Jesus. Que nascerá amanhã e enquanto é hoje, as crianças, bocas já cínicas, pedem ajuda pelo amor de Deus. As crianças pretas, uniformes de brim, a bem dizer não pedem, cutucam: exigem do basbaque passante. Os gasparinos no ar, sobre as mãos, vão gritando de cor:

– Cavalo, olha o cavalo!

Capiongo, enverga o espinhaço, pende a cabeça, começa o namoro com a vitrina. Entra afinal, já está arrependido, os preços o assustam, tenta a meia-volta. Mas as falas do homem do balcão estendem um raio de simpatia. Olha suplicante para as coisas que vão lhe morder a fatia maior dos trinta cruzeiros.

Entre tecidos, louças, vidros, quinquilharias, penduricalhos, ele sabe que aquilo tudo não serve para nada. Ou não sabe exatamente para quê. No entanto as coisas saem da boca do vendedor, muito antes de serem tangíveis ao toque da mão.

O sujeito fala. Fala. Refala. A verdade é que já está enchendo. Há uma boneca de cara humilde, dessas que dão vontade de se acocorar defronte da vitrina e olhar demorado, de perto.

Estava aí, estava aí. Um sujeito de dinheirinho medido, contado, recontadinho. E tinha de comprar os presentes das cunhadas. As três. Não se entretivesse, o dinheiro andava recontado.

Então, levanta o nariz e põe cara séria, examina um cristal que finge conhecer, enquanto o canto dos olhos acompanha umas pernas que passam. Aborrece o cristal e segue as pernas. Também, não poderia gastar tanto.

O que a rua mais sabe fazer é misturar gente.

A rua geme, chia, chora, pede, esperneia, dissimula, engambela, contrabandeia. Espirra gente. A gritaria dos camelôs parece um comando. E os óculos franceses vieram de Cascadura, a seda do Japão saiu de algum muquifo das beiradas da Central, os relógios suíços foram trazidos de algum buraco da Senhor dos Passos. A rua reúne bolos de safardanas. E quer vender.

Estivesse de olho aberto. Necessário comprar o presente das três cunhadas. Começa a regatear uns embelecos de metal que brilham, que ele não entende e, daqui a pouco, numa esquina, loja ou bazar, a rua lhe impingirá, mordendo o pedaço mais pontudo dos trinta cruzeiros. O ruim é não entender de presentes e menos de suas cunhadas que um dia viveram em sua casa de Niterói e um dia, sem esta, nem mais aquela, se largaram para longe. Ou por outra, foram tocar suas vidas lá pelos lados do Flamengo. Flamengo ou Laranjeiras, ele nunca sabia. Quase sempre dizia, "elas moram no Flamengo".

Também, aquilo não era vida. Vidinha chué, uma mão na frente, outra atrás. Aborreceram Niterói e suas travessias de lá pra cá, todo dia. Por fim, moças carregando seus fogos. Não era vida de moças na força da idade. Aguentar aquela pisada brava, só para quem tinha dois filhos e três bocas para dar de comer. As cunhadas estavam certas em se botarem pelo mundo. E falando uma verdade, até que o desapertaram. O tutu que apanha no fim do mês lá no banco, como contínuo, dá para botar comida dentro de casa? Dá? Não dá e nunca deu. Pobre não luta; pobre peleja. Então, o cavalo mete algumas safadezas pequenas e se desdobra fora do expediente do banco. Aguenta o rojão, já que tem de segurar. À noitinha, raspa-se à pressa para as corridas da Gávea, onde calcula e toma nota de acumuladas, faz pagamento de pules quando é quinta-feira, sábado ou domingo. É.

As três cunhadas se ajustaram em sociedade, hoje andam penduradas num apartamento das Laranjeiras ou do Flamengo. Diz sempre Flamengo. Apartamento. Têm televisor, um alta-fidelidade, Cascolac e, naturalmente, seus homens. Coisas.

– Também, aquilo de Niterói não era vida – empurra para dentro, como justificando ter-se livrado das cunhadas.

De mais a mais, lá naquele buraco de Pinheiral, de onde vieram, vidinha ainda pior, nenhum desses confortos. Hoje em dia xingam aquilo de Pinheiral; já se chamou Pinheiros, pouco antes das cunhadas se mandarem ao mundo. Mudou só de nome e vai de mal a pior. As cunhadas... Bem. Essas nunca tiveram cabeça na vida.

Fecha os olhos, larga o lance. Consegue uma economia sovina de cinco cruzeiros. Com o jogo de copos, as louças e os guardanapos coloridos, alcança a rua. O pacote de Natal é colorido e vai debaixo do braço.

Num golpe, de novo está na rua. Essa Rua da Carioca não se cansa de misturar gente.

– Como vão as crianças? Bom Natal!

É sempre de repente e sem a gente saber como que um chato aparece. Esse, agora, diz conhecê-lo do Saco de São Francisco e uma vez se encontraram, na praia, por causa de uns siris. Agora fala, fala, repassa coisas, e o aperta num abraço que machuca roupas e o pacote.

O que lhe dói mais é que não consegue deslocar os pensamentos do tipo que o abraça. Gostaria muito de se deixar perder pela música saindo da casa de discos e, principalmente, não ouvir aqueles augúrios de Natal e Ano-Bom. E o sujeito fala, refala. Então, resolve ter pressa, faz que vai pegar os lados do Tabuleiro da Baiana.

Um táxi, um táxi. Enfia-se estabanado, antes tropeça na calçada, a canela atingida. Senta-se, bufando. O desconhecido, lá fora, está lhe enviando um aceno de mão. Não responde, pede ao volante.

– Ô doutor, vamos para as Laranjeiras.

Dá de olhos no comércio, febre e pressa, é Natal. Mas acaba seguindo pernas e decotes na rua, que ficam acordando outros, vistos ali, além, no banco, no mar ou na Gávea, talvez num filme. O sol está queimando no Tabuleiro da Baiana, dá de chapa no povo. Seus olhos pulam tudo e vão ficar na estação dos bondes de Santa Tereza.

Lembra que pediu errado:

– Amigo, não é Laranjeiras. É Flamengo.

E o meu Papai Noel não vem

A repetição das batidas de limão, que fazem transpirar, lhe dá coragem; diz que detesta bolo e se aceita café é para fumar depois.

Eu pensei que todo mundo

Comeram-se dois frangos buscados pra viagem ao churrasqueto do Largo do Machado, que se juntaram a arroz, torresmos e farofa. Havia um uísque nacional. E vinho de Bento Gonçalves, que ninguém bebeu. Preferiu as batidas e, como não houvesse cerveja no congelador, foi de cachaça até a tarde cair. Vieram passas e avelãs e a tarde deu de se arrastar, pesada.

O que você quer?

Estava-se num apartamento de nono andar, possível ver lá embaixo as palmeiras e os casais zanzando no Largo do Machado. A hora era aquela – dos namoros, dos pardais. Rejeitou o doce de abóbora:

– Sabe, a gente que bebe não se dá com doce.

Fosse filho de Papai Noel

A cunhada do meio tem a cara inchada, irreconhecível, um mostrengo. A cara sem expressão alguma, dolorosamente vai fazendo desfilar tédios, cansaços afetados e suas últimas grandes despesas. Ou melhor, reconhece que não é a cunhada do meio, é a mais velha, a que fez plástica e a cara piorou.

Já faz tempo que eu pedi

O uísque e as batidinhas vão tirando as peias, desatrelando línguas. Trocam-se fuxicos, revelam-se pinimbas, fala-se de um parto complicado e do primo que morreu nadando em Ramos. A conversa escapa da pasmaceira por causa da lembrança de um bilhete de loteria. Por um número teria sido milhar seca. E só.

É brinquedo que não tem

O álcool lhe ronda a cabeça e ele já ensaiou escapulir dali algumas vezes, mas tropeça e tropeça numa timidez que não explica. Afinal, o tempo passa, lhe vai chegando o conhecimento da vida das cunhadas. Ou por outra, elas não dizem; ele pressente nos silêncios de uma fala e outra.

Com certeza já morreu

Houve um momento em que se desculpou por não haver trazido umas flores que vira na Buenos Aires e que... As flores descoroçoaram mais aquela hora balofa da tarde, já quase lusco-fusco. As cunhadas sabiam que ele jamais dera flores de presente.

Brincadeira de papel

Havia de sair, quando fosse hora. E não havia jeito de varar a encabulação espessa que lhe sobrava das conversas descarnando a vida de suas cunhadas.

– Mas afinal, que é qu'eu tenho com isso? – se perguntou, amolado, enquanto lá do Largo do Machado vinham subindo as seis horas apressadas do horário de verão.

Vê se você tem a felicidade

Acertou o relógio, fingiu um interesse pelo disco de Natal gemendo na alta-fidelidade:

Eu pensei que todo mundo
fosse filho de Papai Noel.
O que você quer?
Papai Noel
Vê se tem a felicidade
Pra você me dar...
Com certeza já morreu
Ou então, felicidade
É brinquedo que não tem
Já faz tempo que eu pedi
Papai Noel

Pudesse acompanhá-la, evitaria as falas da cunhada. Mas a letra da canção ia, vinha, embaralhava-se, assaltada pelas vozes das mulheres. Bom, se a seguisse. Ele ficou algum tempo, sem esperança, olhando o disco que girava.

Uma das cunhadas, terceira vez, disse que ele bem podia ter trazido uma das crianças para ver a titia.

Quase sete horas. Havia bebido mais e falou que se ia. Precisava levar os meninos à Missa do Galo, em Niterói.

– Tá cedo. Fica mais um pedaço.

Ele se endireitou para a ganhar a porta. Fez:

– Nada. É hora.

Na barca as caras são outras.

Os pobres são pobres, começando pelos modos. O movimento daquela gente é desbocado, barulhento. As roupas pioram, caras descoradas e bebedeira de pobre é quase sempre esporro. Nas festas do ano, seja São Jorge, São João, Ano-Bom ou Natal se bebe mais em todos os cantões da cidade.

Ele embioca na proa, vai deixando as luzes do Rio. Da barriga da barca vem zunindo a baderna de um velho barrigudo, olhos raiados de sangue, fantasiado de Papai Noel e insistindo em ser uma alegria para a criançada. É um Papai Noel de propaganda de um rei barateiro, graúdo dos secos e molhados. Sua fantasia é surrada, usa aquilo vai para mais de quinze dias.

Mas na proa está frio, a brisa bate no peito e ele entra. Há uma velha lambuzada de batom, com um chapéu de flores amarelas e vermelhas, amarrotado, pendendo para o lado. Velha a que todos chamam pancada e que vai, por ir, de Niterói para o Rio e do Rio para Niterói, enquanto lhe paguem a travessia. O seu rádio de pilha não para de perturbar. Provavelmente bebe nos dias de festa; sua maluquice à vontade vai cantando, dançando, bestando de um lado e outro da barca. Alegre, alegre; uma criança. Costuma dizer que seu marido é almirante.

O disco dizia que felicidade com certeza já morreu.

– Tá cedo. Fica mais um pedaço.

Ele se lembra da primeira cunhada, a que estava num vestido preto, bem caído, pintada e dizendo que o ano passado tinha enfiado a mesma roupa, o tutu andava curto. Mas ele sabe, ela anda é dando todo o dinheiro ao amante. Outra vez. O pinta é mordedor e lhe suga um aluguel de apartamento em Botafogo, as gratificações, as horas extras e o décimo terceiro mês. Não adianta a gente falar, nem xingar de fuleira. Briga dizendo que gosta do gajo e aquilo, segundo ela, é amor. Vai não vai, aparece de olho pisado. Claro, foi o gajo. Nas proximidades do Natal, amante viajou e ela está satisfeita com o televisor novo. Disse até que vai criar vergonha e arrumar o apartamento. A casa vai ficar um brinco. Coitada, vai é pagar prestação pelo resto da vida. Disse de vestidos, moda, modas. Estava quase sem roupa e não gostava de Natal, uma festa muito triste, como a do Ano-Novo – só não disse por quê. As irmãs sabem que é porque não estão passando o Natal em Pinheiral com a mãe. Lembrou que, menina, plantava flores em latas vazias de manteiga. Depois as vendia. Parece que plantava cravos para conseguir bonecas e brincou com elas, até quase dezesseis anos. Mas dormindo, fazia pipi e no outro dia chorava, susto e raiva, dando com as filhinhas encharcadas, arruinadas.

A barca vai encontrando companheiros pela rota. Navios iluminados, enormes, parados, estrangeiros. O povo costumava interromper as conversas e se debruçar nas janelas para espiá-los.

Ele está querendo se livrar de um aborrecimento e logo-logo esbarra numa contrariedade.

Não era vida, a que levava a cunhada do meio. Chegou desenxabida, rabo entre as pernas, já que o português não havia aparecido ao encontro. A última vez em que se viram, aprontaram um espetáculo no meio da rua e ela bateu nele. Uma cunhada apanha, a outra planta a mão. Essa cunhada do meio não encontrou um homem que a entenda e a meta nos trilhos. Tem, aí pelo mundo, sabe Deus metido em que buraco, um filho de quase dez anos. Diz uma palavra, arremata com cinco palavrões. Andarilhou todo o sul e zanzou no nordeste. Mas não encontrou um homem. Seu vestido fora de moda, largo; cabelo escorrido de quem saiu do banho; um salto alto, exagerado. Chegou e nem falou boa-tarde. Ficou olhando os três, bem desconfiada. Sentou-se, pernas abertas, a bolsa no meio delas, como um lavrador. E as três se puseram a discutir o cartão de Natal que a velha lhes mandou, arrastando o tamanco ainda em Pinheiral. Falou-se da velha e era como se estivessem sentindo alguma coisa, mas sabendo, no fundo, que se a mãe lhes escrevia era porque estava precisando de dinheiro. Parece que não interessa à velha que os filhos se esqueçam dela. Sim. A cunhada do meio cortou como um tiro. O cartão era para as três, sem diferenças. E começou a insistir nisso. Talvez tencionasse dizer que as irmãs eram iguaizinhas a ela. Sem tirar, nem pôr. Andam com flosô. Ela é lavadeira e mora com um cozinheiro no Morro da Catacumba. E daí? Uma das cunhadas desconversou, lembrando necessário desligar o televisor, que estava quente. Então, a cunhada do meio puxou a bolsa, se levantou, se espreguiçou; devia sair a um encontro e não se soube com quem. Ela não sustenta homem, que ganha mal e mal para comer. Mas deve ter uns três.

No bojo da barca, a velha maluca, o Papai Noel de propaganda, a molecada como assistência, armaram um tempo quente por causa do chapéu de flores amarelas e vermelhas que alguém, gaiato, com um safanão, quase atirou ao mar. O mar é escuro.

Assim, a cunhada mais velha. E logo atacou a outra, que ia se encontrar com aquele gringo muito do sem-vergonha. Para a mais velha, homem é bicho canalha, ainda que dê dinheiro à mulher. Que o jeito é não depender de homem, principalmente quando se está ficando velha e se continua de fogo aceso. Sem juízo ninguém se arruma na vida. Jogou na cara das irmãs. Umas erradas, deveriam se dar ao respeito. A primeira, funcionária pública, explorada pelo amante que lhe suga o sangue; a segunda, vivendo de lavagem de roupa e ardendo por um homem. Duas tontas na vida. Ela, não. Só atura o seu, porque Homerinho não é dessas coisas. Disse que a ligação lá deles é espiritual. O tal Homerinho é parente de uns graúdos do Paraná, importantes. Montado no dinheiro. Difícil aturá-lo meia hora, que o tipo, gordo e visguento como uma lesma, é desses que chupam os dentes, calçam sapatos que já levaram mais de uma meia-sola e andam com blusões remendados. Pior que joão-ninguém. Chupa os dentes e entende como ninguém de prédios de apartamentos. Capaz de varar noite falando nos negócios. A cunhada mais velha toma-lhe o que pode e tomaria tudo, se ele não fosse um safardana bem acordado. Os dois dão certo, certinho. Um, a panela; o outro é o cabo. Tomou-lhe o apartamento na Glória e maldiz que Homerinho, um unha-de-fome inveterado, podia ter-lhe dado bem mais. A mais velha julgou brilhar quando confessou que o amante lhe deu quatro milhões para a plástica do rosto. E daqui pra frente, a qualquer pelezinha que lhe aparecesse, faria uma plástica. O rosto deformado da cunhada mais velha, cabelo cortado rente à cicatriz que rodeia a cabeça. Os olhos estão pequenos, repuxados, como olho de japonesa. Sonhara, na sua vida, ganhar muito dinheiro para fazer plástica e ter muitas joias. Gostaria de um filho, mas é que tem o útero infantil. Aí, avermelhou. As veias do pescoço incharam. Ela quase gritou; Homerinho tem de lhe pagar as despesas e muita estação de águas até o fim de sua vida. Que o amante não mora com ela, vive na Gávea e aparece de quando em quando, levando a vida que entende. As outras se chegaram e lhe pediram calma. Não podia falar muito por causa dos pontos da operação.

Amedrontou-se num supetão, tomou fôlego. De repente, sem quê nem para quê, atirou que outra irmã, Dirce, casada, ainda em Pinheiral, cinco filhos, tem de trabalhar para o sustento da casa. Morressem todos os cinco, mais o marido, já que o homem não dá sossego e ela tem um filho por ano. Além disso, ele bebe. Sustenta, refala. A veia do pescoço crescendo, Homerinho tem é de lhe dar tudo. E muita estação de águas. Até o fim.

A mais velha calou-se. Foi botar um disco de ave-marias e começou com coisas tratadas sobre o amor, dessas que deve ter lido ou ouvido em algum lugar. Veio-lhe uma alegria, um quê não esperado. E se sentiu que, a qualquer momento, ela desandaria a cantar.

Então, ninguém entendeu, a cunhada mais moça alterou a

voz e disse não. Os filhos de Dirce são as coisas mais lindas do mundo e o mais novo é parecido com o menino Jesus.

Vêm vindo as primeiras luzes de Niterói. Amassa o cigarro, pede passagem, vai para a frente da barca. Suspira, sorve a brisa. A barca atracando. E sempre que torna, ele olha demais para as águas, naquela vontade besta de ser mais moço, sem carregar filhos e nenhuma preocupação excessiva, moço para se atirar de cabeça à vida e malucar à vontade de outros jeitos, livre e firme como um desgraçado. Para bem longe daquela vastidão de águas.

Aquilo não era vida.

Joãozinho da Babilônia

Se os meus suspiros pudessem
Aos teus ouvidos chegar,
Verias que uma paixão
Tem poder de assassinar.

– Modinha do tempo de D. João VI no Brasil

... apesar da idade, tinha tanta coisa para me ensinar na cama que eu perdi o remorso.

– um pensamento de Joãozinho

Por último dei para zanzar, pegando o rumo da praia.

Ando, cato a direita, para a Praça Serzedelo Correia. Jornal que compro não abro, vai debaixo do sovaco. Lerdo, pesado até a pedra do Leme, quietamente. À frente não há luzes, mas o mar escuro; passo o calçadão, as areias e me sento nas beiradas. Mando ao diabo uma lembrança. Mas sinto um medo. Um vento frio batendo na cara e me vem um samba, dos antigos, besteirada, engrupimento, gemido lá no inferninho:

Vem, amor, que é fria a madrugada
E eu já não sou mais nada
Sem seu calor.

Num minuto, a cabeça nas mãos, devo ter chorado. E se Guiomar me visse assim, agachado, encolhido nas areias, me acharia desengonçado e menor do que sou. Não iria acreditar, são quatro horas e não bebi uma gota.

Se chorei, se não chorei, ninguém via. As costas das mãos, enormes, vão limpar a cara. E a madrugada geral vai continuar.

Bastava uma casa no subúrbio, quarto e cozinha.

Não jogo, tenho bebido pouco e quando a noite acaba e me raspo do Danúbio, no rabo da manhã, não vou pra casa. Enfio pelo comprimento de uma rua e fico, tocando, de bobeira. Muita vez, ali pelas cinco, topo os pescadores que saem pro mar, no Forte de Copacabana, topo mendigos e moleques, corpos suados, arriados aos barcos, estirados em folhas de jornal.

Aqueles não têm para onde ir, dormem na praia. E são os que fazem Copacabana àquela hora.

Cedinho, velhos barrigudos e caquerados fazem ginástica, custosamente. Correm nas areias, correm frouxo, bufando. Velhas sacodem celulite e pelancas nos maiôs fora de moda, largos. Aborreço a velharada; para o Arpoador e fico tempo sem fim. Do alto das pedras da Praia do Diabo, sentado, vejo a garotada vermelha, crioula de sol nas pranchas, meninos, rapazinhos, cabelos voam no surfe. Outra gente, de dinheiro. Pranchas rápidas brincam, equilibram, caras, perigando, lisas, ariscas ganhando a frente da crista das ondas. Mas aborreço.

Uma casa no subúrbio, quarto e cozinha. Chegava. Ou já seria um começo de vida.

Coisas de que gostava, me irritam; jogo e bebida me cansam, acho que ando só. E bem. Curto isto por dentro, me tranco. E me pesa numa pancada só, numa porrada só.

De novo, como um merduncho, pego o calçadão de Copa. Quatro horas e nenhum conhaque. Xingo a lua.

Assim de repente, num susto, penso em Guiomar, no caído bonito de cabeça para trás e para os lados. Olho o mar, onde meus olhos afundam e dou com uma porção de coisas doces, menos pesadas, nenhum medo, limpas, boas, nenhuma sacanagem, claras. Lembro samba do inferninho. Fico virando uma porção de coisas na cabeça, sem sentido. Dou um tempo de cara para o mar.

Barulho do mar nada resolve. Tinha mais mistério lá, na

parte de cima da sua cara, do que nesta merda de mar grande que eu vejo ainda agora. Tinha mais segredo e provocação lá no canto da sua boca do que no quebrar das ondas. Tinha mais perfume ali, na risca do seu cabelo; tinha mais cheiro, chamado e violência ali, quando ela beliscava no canto da boca o dedo mínimo, do que quando o mar tenta gritar, de encontro às pedras, no preto-escuro das madrugadas que curto, eu e só. Tinha mais de tudo ali, dentro dela, com sua mão pequena, com seu sapato sofrido, com a bolsa que só poderia ser sua, com seu agasalho marrom surrado, suas ilusões, manhas, preguiças, gatices, com os olhos sonsos que iam e vinham, riam e espetavam, mais do que em todo o barulho que o mar tem. E não tem.

Caído bonito de cabeça, Guiomar. E o mar não parece tenha mais segredo que o seu recado – batia curtido e recurtido, direto vindo neste peito largo e já cansado, a que um bem não chega e não chega e não chega. E chegou e já acabou e está frio, e esquenta de novo e de repente – agora não entendo mais, sem uma gota de álcool na cabeça. E me pergunto se com mulher nova nesta vida a gente pode nascer de novo?

O mar não tem, está longe disso. Ela toma conta das pedras, do mar e de mim. Fica até pequenininho e bem, diante daquelas duas coisas quase no alto de sua cabeça – aquelas duas luzes ali, debaixo da fronte e antes do seu nariz. Até pena desses caras que me disse terem passado por sua vida – não enxergaram esses dois mares. Babacas dos babacas!

Eu me contenho diante do mar. Os seus olhos eram dois.

Escuros, sonsos e onde o cais? Aperto o passo, ando esta Copacabana, me consolo. Seus olhos, dois mares.

Copacabana. Copa dorme, ronca como uma porca enfarada, entupida – escrota – de sacanagens e gentes.

Nem assobio, nem durmo, já devo ter parado de chorar. Andei da pedra do Leme ao banco da Praça do Lido. Acho que perdi e espero, morto, mortinho, o sol da manhã. Desacompanhado, como quem se preza. Sol, mar, os claros do céu. Tudo dói e redói nos olhos que não dormiram.

Os camaradinhas observam. Dia desses, um dos músicos da casa me largou a liberdade:

– Ô, cara, que encabulação! Isso é mulher.

Luz nascendo lá no horizonte, em cima do mar, luz de verão. Seja o que Deus quiser. Estou no rabo da manhã e a hora é esta. Pego um ônibus, pego um trem, vou esticar minha solidão, na cama, em casa, lá em Madureira.

Então, o músico:

– Mulher é como folhinha da parede. Você puxa um dia, tem outro atrás.

Estando no Rio, Batistão pula cedo da cama e se manda vagabundear. Às nove, vai de velho na rua.

Desce no centro e começa a bebericagem ali pelas dez da manhã, no Bar Carioca, faz lá o primeiro expediente com chope ou cerveja gelada. Pausa para o almoço. É de se ver. Batistão toca para um restaurante antigo da Buenos Aires, quase Primeiro de

Março, desses que ainda têm mesas de mármore e cadeirinhas austríacas. Pede filé malpassado. Zangado com a demora, bebe uísque com água, coloca os óculos e olha o jornal na coluna do "Estado do Rio". Põe cara importante; compenetrado e entendido, torce o nariz, reprova tudo. Vem o filé, quase cru, dispensado de arroz ou acompanhamento. Mas o velho não come. Masca, masca, mastiga. Chupa a carne malpassada e devolve com a boca ao prato, como gomos esmagados de laranja. Come feito um gato velho, agachado, não usa garfo ou faca, só a boca. Até os garções se viram para não assistir.

Depois da carne mascada, vai à rua do Ouvidor, na Casa Pará compra três holandeses da marca Duc George. Inaugura o primeiro charuto do dia e segue, lerdo e atento, sondando pernas que passam até a porta da Colombo, onde se empertiga, importante, piadista e gaiteiro, bulindo com as mulheres, jogando galanteios à antiga para as menininhas comerciárias da Gonçalves Dias. Ali arrasta a tarde, se insinuando para as mulheres da rua ou financiando algum lanche caro no interior da confeitaria, onde os lustres e os espelhos laterais mostram empregados de libré e certa classe antiga. Numa mesa, ao lado de uma garotinha que come e toma *frappé* de coco. Batistão já meio bêbado, vermelho, gordalhudo, suado no pescoço enrugado e na testa, entornando cerveja gelada, falando alto e grosso aos garções solícitos, quietos e aporrinhados.

Na rua Chile, um bar chamado Régio recebe à tardinha Batistão e outros veteranos, comidos e dormidos. Uns, cochilaram em casa; outros, no cinema. Tomam o reduto com risos, papos e joguinhos de palavras escritas em papéis, que chamam de trova. É ponto de apontamento dessa companheiragem de certa faixa da boêmia. A maioria grossa da turma é dos que vão para casa às onze. Outros, poucos, estendem a noite até o Amarelinho. Os mais acordados vão se embebedar ainda nos giros ao que resta da Lapa e ao que há em Copacabana. Perturbar. Bebemorar e esticar, como dizem.

Essa veteranice malcomportada se mistura às marafonas cansadas e a um e outro biriteiro de verdade. A variedade de tipos inclui sujeitos com trinta anos de janela, muita lenha para bebida e papo, gente aposentada com bastante sede e história. Porém, sempre na condição de boêmios alegres da noite. Só. Malandro nenhum, nem de passagem. Uma boêmia calejada e fanada, feita por coroas erradios e vadiadores. É o tipo do lugar onde o camaradinha já sabe, antes de chegar, quem encontrará lá.

Há gente de trova em todos os grupos. Rimando, vozes empastadas de cigarro e de bebida. Há uma curriola que só aparece às sextas-feiras. E uns quatro-cinco veteranos, quase setentões, que se reúnem todas as sextas. Arrotam que fazem isso há uns trinta anos, mudando de bar, pulando de ponto, conforme a cidade muda. Firmes.

Mas das oito às nove da noite, o movimento é diferente. E aí, Batistão apita.

Vêm chegando, para ficar até fechar o Régio, os que rondaram antes outros pontos do centro ou quem sabe onde. Chegam já mordidos e beliscados e ficam plantados até as portas de ferro descerem. Então, uma e outra bandida arrasta as asas em busca dos patrões de bebida. O velho Batistão é dos que convidam, oferecidos e gaiteiros. Manda forrar a mesa. Uma que outra mulher, mais vivaça ou faminta, aproveita e janta. Batistão paga, precisa de auditório para as trovas.

Ali. Único lugar de beber dos que conheço onde se encontram o que lá entre eles se chama os errados da trova. Porque a maioria são babacas entoando. Mas no Régio, dando uma colher à trova, há os de juízo: que chegam a fazer trova debochando dela. Da boca desses chapolas, saem marotices engraçadas, com alguma picardia divertida. Têm peraltice. Batista fica tiririca com os errados, quando dizem que estão fazendo quadrinhas. Ele é dos sérios, dos gordos trovadores, direitinhos, comportados. Fica fulo com um dos errados que ali pelas tantas engrossa a voz e diz para todos ouvirem:

– A trova é a bolotinha de cabrito da poesia.

No Régio não pinta malandro. A gente tira pelos garções, dois: um, estranja e otário, está bem longe de surrupiar ou marmelar nos trocos; o outro é um vivaço e só de me olhar, tomando o meu chopinho lá na mesa dos fundos, já sacou. No entanto, cordial.

A ocupação dura até às onze, entre vozerio, chope, conhaque, batidas. Uísque também. Nessas beiradas das onze, mulher que aparecer toma-lhe a grana. Uma noite, pinta no Régio uma vedetinha de televisão toda de longo, lambuzada de pintura, pendurando postiços. Batista, rápido traz para o seu colo. Já é otário ofertado.

– Dá um beijo no Batistão.

A artistinha bica e o velho lhe escorrega uma nota de cem.

– Agora dá outro aqui – e vira a bochecha.

Ela belisca mais cem.

Do Régio, Batista Pamplona desliza de carro particular até a Cinelândia, dali ao Passeio Público. Parando. Da porta do carro, dá espetáculo, cumprimenta conhecidos e gente que nunca viu para chamar a atenção. Desce e, absoluto, pisa o meio-fio.

E depois, ao que der e vier. Copa, Fátima, Leblon, Estácio, Praça Mauá, onde houver uma boca aberta, lá Batista Pamplona. Entorna até o sol raiar, vai dormir mijado num hoteleco com alguma piranha. Mesmo deixando Guiomar no apartamento do Flamengo.

O velho não dorme, desmaia.

Mania de batucar na coxa, dar nó nas cadeiras, cheia de marra.

Se muito, me chega à altura dos ombros, pequetitinha. Mas tem um caído de cabeça cheio de vida. Doce de mulher, pedaço, gata tinhosa, isto aqui de picardia. E está aliviando a granolina do coroa, a pivete Guiomar.

Saravei meu santo nas águas da Barra. Vovó Catarina estalou os dedos e fui benzido pela passagem do ano.

Regulou. A maré raiada me sorriu. Fui ganhando de chorrilho. Levantei seis mil pacotes, nascidos duma insignificância apanhada numa centena que multipliquei, com juízo.

Por aí, na madrugada, tomo canja de miúdos de galinha lá no Capela, topo uma dessas bandidetes de rua, que faz a vida nos hotelecos e nos escuros da Mem de Sá. Muita vez, até contra as árvores e contra os carros, nas curvas dos paralelepípedos da Joaquim Silva, como quem faz que vai subir a ladeira para Santa Tereza e acaba ficando na Lapa. Porque a fome é mais brava nas ruas para a gente da noite. Ali, batalhando como as outras, chamando homem e botando para dentro. Mas tem um quê. Os mocorongos só lhe viam o resto. E ela faz um jogado de cabeça para trás e para os lados quando ajeita a melena toda preta. Aquilo poucos enxergam. Uma criança, um quindim desta vida. Matreira na zanguinha para dobrar os otários exigentes e metidos a mandões. E toma-lhes tudo, a mulata Guiomar, dezessete anos. Só.

Pule alta. José Rojas, treinador, me passou a égua Lalá, picada de injeção, num terceiro páreo da noturna. Um roubo. Noventa e cinco a ponta. Maré grande, fui buscar um tufo de dinheiro.

Um leão-de-chácara dos antigos me disse que, nos tempos dos cabarés da Lapa, só um sujeito tinha crédito naquele corrimento de casas. Ali, tratando marafona como rainha e estourando bebida importada, o freguês bebeu duas fortunas, levantadas com imóveis em Teresópolis.

O homem era Batista Pamplona, doutor José Batista Pamplona, o Batista falado do Estado do Rio. Batistão, como gostava de ser tratado pelas mulheres.

De outubro para cá, por umas transas marotas nas corridas, passei a dormir pouco em Madureira, que os approntos eram cedinho e eu me mandava para a Gávea, saído do inferninho, o Bar e Buate Danúbio, onde continuo sendo Joãozinho da Babilônia, leão da casa.

Numa dessas estiradas da noite, dando um tempo entre as quatro e seis da manhã, antes dos cavalinhos e comendo buchada no Capela, achei Guiomar de coronel a tiracolo.

Sacava o veterano, que tive de aturar numa madrugada de mau jeito em que ele entrou beijando mão de pistoleira como se fosse princesa ou dama de sociedade. Pediu champanha francesa e acabou estranhando o pistonista da casa. Difícil explicar que o músico não tinha nada com a sua dançarina, uma piranha aguada e branca como lagartixa, que lhe parecia beldade e paquerava, pelo prazer de entregar o ouro. Acompanhei, maneirei o porre e a esbórnia, não me esqueci de cumprimentá-lo pelo bom gosto e pela beleza de seu par constante.

Endeusado assim, o cavalo deslumbrou e a gorjeta veio dobrada. Recomendei, jeitoso, que aparecesse. Dali para frente, conhecidos.

Grandalhudo, balofo, um desengonço. O velhão Batista, de dentadura postiça, papadas e cabelos tingidos de caju, era uma peça. Tinha a mania de bravo, charuto no bico e uma máuser que não tirava do cinto nem para ir ao banheiro – coisa dos graúdos lá do Estado do Rio. Um moloide saído a mandão. Aquilo, numa briga, não prestava nem para correr ou recolher as cadeiras quebradas. Divertido, palhaço quando bebia, vermelho do pescoço enrugado onde a mulatinha se pendurava, com fingimento.

O mulherio aproveitava, se servia, depenava o veterano. Manjei aquilo, cabeça no chão. Batistão era um endinheirado das salinas do Estado do Rio, em São Pedro D'Aldeia. Um forte da grana, esbagaçador, havia sido homem da lei, na mocidade; agora, vereador e outras palas. Desses importantes, manda-tudo que viaja para Brasília e resolve.

Soberbo na vida, coronelão em cima da carne-seca, virava um neném na mão do carro novo Guiomar. Ali, uma dona de carnes firmes, pescoço fino, canelinha de sabiá. Uma tanajura – e sabia. Batista, coronel e gamado. Ela indo lá, firme, zanguinha, arrancando as coisas. Apaixonadão, da gama preta, puxando um bonde por Guiomar. Vestindo, calçando, comprando duanas e presenteando com joias, dando um banho de loja na mina. Saquei. Mas bico calado, vi com os olhos e lambi com a testa.

Bandidete de rua, malhada da vida, traquejada na muamba, como sempre meio corrida da polícia, vivendo com um olho nos trouxas e outro no camburão. Não falava a língua dos bacanas, quanto mais de um abonado, um refestelado que anda até de avião. Diacho. Carne é carne, peixe é peixe.

Ela quem me buliu, dando nó nas cadeiras, sacaneando, na cara do velho. Tenho, relando, relando, quase dois metros; uma destas mãos, duas de Guiomar. No aperto de mão, esfregou um dedo na minha palma. E se mandaram os dois. Ele, capiongo de bebida; Guiomar, lá ia Guiomar requebrando para eu ver.

Tem um código na noite – mulher ofereceu, malandro não comeu, pau nele. Mulher oferecida é comida.

Levantei a pista da boca de um garção. O velhão era zangado, se roía de ciúme, querendo a mulher só para ele. Também por isso, montou apartamento, que a mulata devia virar bacana numa rua do Flamengo. Sim. Telefone e outros leros. Sim. Mas para vigiar, ligar de onde estivesse, azucrinar as noites, saber se estava dormindo. Batistão vivia no Estado do Rio ou viajando, seus negócios. Avisava que ia chegar e não chegava. Só susto. Sim. Dava-lhe decisão: catasse com macho, cortava Guiomar aos pedaços. A mulata emburrava, cabreira da vida saía pra noite. Ia zanzar por Copa ou perturbar na Lapa. Aprontar, rever as amigas fuleiras, queimar o pé na bebida. Sim. Parava quando em quando no Capela e, bem mamada, se abria com os garções e com as amigas. Mem de Sá, lá depois dos Arcos, de onde o velho Batista a arrancou, marafona qualquer do pé lambuzado. Sim. Uma maria-judia fanada da vida. Batista enciumava, lhe jogava na cara e aquilo doía. Então, ela cai pra rua, vai perturbar, fariscar alegria.

Pus capricho na groja do garção que me deu o serviço. Toquei para a Central e peguei o caminho de casa, Madureira. Ia encalistrado. O velho a largava em casa, sozinha. E metia bronca pelo telefone, ameaçando arrepiar a vida dela se a achasse fora. Sim. Que ele sustentava. No apartamento do Flamengo – ela e Deus.

Cada vez mais calado, no trem, comecei a olhar as coisas de baixo para cima. Daquele tipo de boa vida, nem condenado gosta – na rua da Alegria só tem tristeza e na Saúde só dá doente. O veterano Batistão merecia um bom par de chifres.

–Venho da pescaria.

Molhado de praia e já bebido, aparece de calção de banho, sacudindo as gorduras às onze da noite e falando grosso na porta do Balalaika. Descendo do banco de trás do carrão com motorista particular e ar-refrigerado:

– Chegou Batistão. Chegou o dinheiro. Me traga aqui o gerente desta espelunca.

O pessoal tem de se virar. Arrumar roupa enxuta, roupa de baixo e o diabo, sapato, paletó, gravata, àquela hora da noite. Para o coronel Batistão continuar molhando o pé nas bebidas caras e apalpando as mulheres.

Deixasse pra lá, não era negócio meu.

Mas tinha coisa. De longe em longe, meio da noite, aturando um otário, pegando friagem nas pernas, me lembrava da melena e do caído de cabeça para os lados e para trás. Um quindim, uma graça.

E dei para seguir Batista, a troco nem sei de quê. Talvez pensasse em lhe aprontar um chá. Havendo grana, malandro fareja.

Fui apalpar Josefa Popopó.

Popopó, gritalhona. Piranha cinquentona e faladora, das que hoje pastam, curtindo fome e vadiando pelo centro da cidade, depenou coronéis e fez muito cafetão, na mocidade. Fala das glórias, esconde os fiascos, pistoleira cansada. Mas, por um mingau de aveia e dois ovos quentes, abre o bico. A troco disso, na Leiteria Silvestre, do Largo da Carioca, me conta, numa tarde, que o coroa é doente. Depois do terceiro copo, desanda a urinar nas calças. Aí, zangado, chama o garção e pede chope. Faz que leva à boca e derrama, de propósito, onde se mijou. Dissimula, então, sério, aliviado:

– Traga uma toalha para Batistão.

Popopó garante que o velho vai dormir mijado. Todos os dias.

– Quizumbeira é a mãe!

Brigam, brigaram feio, de paralisar o edifício. Embocetam-se, quebram vidros e pratos, quase botam abaixo o apartamento. Guiomar cata o sapato de salto alto e malha o velho na cabeça. Vão parar na delegacia da Pedro Américo, levados pelo tintureiro. Escândalo no prédio de bacanas.

O comissário quer enquadrar Guiomar por agressão e o resto da encrenca. Mas o velho, pelo caminho, no camburão, já perdoava e quer as pazes. Mente que caiu no banheiro e o arranhão não dói.

A mulata recebe o livra-cara com uma careta de nojo. Vão os dois, de braço dado para dissimular, no banco de trás de um táxi. Ao curativo e às chapas no Sousa Aguiar. Mal entram na Bento Lisboa, Guiomar solta uma praga:

– Bunda-mole, chupador!

Batistão alisa, atura, pede calma. Ela mostra a esfoladela no antebraço e continua xingando a mãe.

Fica encolhido e no Largo do Machado tenta beijar o ferimento, dizer que não foi nada. Toma novo esporro. O motorista ri.

Uma madrugada, acho Guiomar no Lido. Meio bêbada, cambaia saindo do Alvorada e sapecando um esculacho no trouxa que a acompanha. No que me viu, dispensou o gajo. Começa me lacrando que o corno velho está em Brasília. Maneirei:

– Que é isso, comadre?

– É isso aí.

Guiomar remata que comadre é a madrinha dos meus filhos. Aí, sorrimos.

O que aquela criança estava vendo num sujeito como eu, enorme, quase dois metros, com vinte anos de janela, os cabelos pintando de branco? Despistei, ainda. O velhão lhe dava boa vida e um daqueles não se arruma todos os dias. Devagar com o andor. Cortou rente – tinha nojo de Batistão. Mijava na cama.

Atento na guria. Fala a minha fala, malandreca; tem lenha e dengue e esta coisa nos junta – vivendo de otários, na humilhação e no vexame, tendo de suportar as vontades para levantar o tutu dos trouxas, a gente tem bronca dessa raça. Diferença séria, raiada; enrustida, represada. Quando a gente pode e não depende, eles que têm que fazer as vontades, uma a uma. Ali. Todas. Pudéssemos, seriam esfolados vivos. Todos e sem pena.

Atiçava um homem. Estava aí: gente minha, eu estava sentindo amizade. A provocação ia em frente, chamando resposta, me jogando que Batista a deixava em falta. Graça no jogado de cabeça, uma menininha. Meus olhos nas pernas, nas ancas. Um de seus dedos bulia no umbigo, que a camiseta da moda deixava de fora. A mão, depois, foi batucar na coxa.

Ia machucar.

O beijo foi na boca, gemido. O sol começando a clarear o mar lá do Lido, um frio me correndo. Na boca, sugado e bárbaro, amassado, molhado de durar, chupão de novo, minha mão trazia, passeava, conhecia, demorava, a brisa da matina batendo e levantando folhas secas no chão da Praça do Lido.

Joãozinho da Babilônia, apesar de falado, sabe só uma coisa na vida. E bem. Acho que não aprendi outra – lidar com malandro, trabalhar otário e adoçar mulher da vida. Quando Joãozinho quer, cuida como princesa.

No hoteleco, a ponta dos dedos me correu o peito:

– Vida, paizinho.

– O neguinho não toma conta de mim.

Andamos uma vez, duas, na terceira, sei lá, ofereceu dinheiro.

Que catei, claro. Recomendei. Tivesse juízo, Batistão era um cavalo, mas zangado e enciumado, metido a homem, vivia coberto de máuser. Ficou tiririca; tornou a ralhar, de tom mudado:

– O neguinho não toma conta da mamãe.

Mas não foi isso. Foi que na noite, semana sem me ver, com a cara de chorar, machucada, Guiomar passa de carro defronte ao Danúbio. Desce e vem dizer ao pé do ouvido. O hálito quente me roçando a orelha. A vida sem mim não pode ser.

Criançada. Não botava fé naquilo nem jurado de pés juntos. Um cara como este aqui, vinte anos na noite, viu o diabo a quatorze. Criancice, fogo de palha. Meti a mina no carro, prometi para mais tarde.

Sossega. O choro serenado; ganha moral, joga o cabelo para trás no caído bonito de cabeça. Bato a porta do carro. Brinco:

– Exagerada.

Engrosso, engordo uma birra. Gana esquisita fisgando por dentro ultimamente. Pegar de jeito, dar um pau em José Batista Pamplona. Mas pau arretado, de placa, exemplar. Desses de baixar pronto-socorro. O folgado.

Madrugada tinha chegado na Praça José de Alencar e aquele lado do Flamengo dormia. Os autos corriam, poucos, no asfalto que a iluminação clareava mal. Os oitis das calçadas estavam pretos que pareciam vultos magros, enormes. A estátua, lá em cima, era uma mancha escura para quem tocasse para a praia. Nos apartamentos, nenhum olho aceso, ninguém na bomba de gasolina.

Havia botequim aberto, um só. Fui apanhar cigarros.

Flagrei o velho. Bebia sozinho, último freguês, de costas para a porta. O garção português, bigodes virados, gravata-borboleta, aguardava para fechar com o ferro na mão. Aporrinhado, arriado numa cadeira dos fundos, quase ressonava. Fui chegando manso, devagar, no lance de dar o bote. Batista não me via. O garção não me via. A noite corria sem barulho.

Chegando. Podia lhe dar uma porrada de cima pra baixo, empapuçar a cara balofa no copo e completar serviço com uma cadeira. O cachorro não teria tempo de dar à máuser.

Quatro e tanto da manhã. Ele estava sonado, meio triste ou enfarado, com explosões de alegria que duravam, cabeça pendida no vinho. Vontade me crescendo. Podia lhe plantar um muquete na cabeça. Ouvi que rosnava qualquer coisa, de dentro do peito, quando em quando abrindo os olhos já ressacados. Provavelmente havia passado a noite num bordel. Mamado, chumbado, derreadinho. Onde eu estava que não lhe enfiava o cacete? Ficava menor do que era, encolhido ali. Encorujado. Engrolava na voz pastosa e sumida. Sozinho:

– Chegou Batistão, alegria das mulheres. Chegou o bom, chegou o dinheiro.

Então, pedi cigarros, paguei, ganhei a Praça.

Dama de boca.

Corro a mão na mesa, olho de viés os parceirinhos. Vou jogar outra vez, de mão. Ganhando alto na ronda, quatrocentas pratas na parada. Agora, tinha de arrumar jeito e desguiar, antes de algum, mais malandro, tentar a forra. Boca quente, estávamos na Ladeira dos Tabajaras, bem no pé da favela, bocada perigosa, esquisita demais. Sair de jogo ganhando, deixando gente mordida, seria arriscar a pele. Mas a maré era grande, ganhava há uma semana. E mais: vacilou, dançou. Encarei os parceiros e atirei:

– Paro.

Não se ouvia um nada. Um mulato correu a mão no nariz, num desaponto. Outro mamou o cigarro e um deles sorriu frio. O de olhos raiados de sangue. Fez, no risinho cínico:

– Já, parceiro?

Maneco do Pinto, dono da mesa, cansou de me tomar dinheiro na ronda. Espreguiçou-se, gordo, nas costas da cadeira. Tarde, a gente havia varado noite jogando. Os olhos dos parceirinhos se abotoavam em Maneco, perguntavam. Tarde no barraco, íamos às cartas sonados, lerdos, olhos ardendo, tontos de canseira, de fumaça de cigarro. Maneco liberou, cabeça baixa no baralho, os dedos gordalhudos tamborilando:

– Tá no ré, cara. Te manda.

Aparecesse logo mais para a forra.

Dei de olhos nos caras. Ali tinha coisa preparada? No que abotoei a japona, senti a máquina na cintura. Bem. Meti o cigarro no bico, desguiei. O que Deus quisesse. Palavra de Joãozinho da Babilônia não volta atrás.

Iriam me dar um chá? A descida dos Tabajaras escura, um

breu. À esquerda, num canto de prédio, nego me campanando. É uma sombra, um vulto, meus olhos não precisam. Luzes só lá em baixo, no comprimento do asfalto da Siqueira Campos. Algum medo, podia ser cobra mandada. E eu que marquei de dormir com Guiomar. Cinco da matina, céu clareando, não passava um carro.

– Meu chefe.

Meto a mão no bolso, apalpo o berro. E marcho, firme, faço não ouvir.

– Seu Joãozinho.

Diabo. Uma hora dessa dar uma dessa. É um molecote, uns treze-quatorze anos. Bermuda, camiseta imunda, magrelo, um pivete da curriola de Maneco. Estou reconhecendo o bichinho, naquela idade já atravessando erva. Vai me dizendo que está roendo uma beirada do penico, tesinho, numa pior de fazer gosto. Bem. A mãe na cama, o pai na cadeia. Ou nem deve ter. Falando que como eu havia levantado uma nota, estava tomando liberdade. Bem. Pede um livra-cara. Quem sabe eu podia lhe abonar com uma nota para as bocas do seu barraco. Lá em baixo, ronca um ônibus dos que saem do Bairro Peixoto e vão para a Estrada de Ferro. Bem. Olho o moleque, podia era lhe abonar um tiro no pé, cadelinho mordedor. Mas iria levantar uma lebre sem necessidade. Bem. Até os postes me conhecem na favela dos Tabajaras. E o molecote podia me servir mais tarde. Dá com o meu silêncio, começa a gaguejar. Bem. Engrola que é emprestado e vai devolver. Então, passo-lhe duas de dez. Sigo.

O menino solta alguma coisa, que não pego. Deve estar agradecendo. Diabo. Como resolvo o enrosco com Guiomar? Jogador não empresta dinheiro, dá. Ou não dá. De mais a mais, silenciei; o moleque não terá mais peito de suplicar outra vez, no futuro. Batistão, balofo, vermelho de beber, apalpa as michelas do Danúbio e entorna bebida francesa. Depois, dá um espetáculo na pista de dança. Falo com a mão no ar:

– Esquece. Isso morreu.

E chega em casa mijado, quando chega. Cato um táxi, em vez de me enfiar num ônibus para a Estrada de Ferro, peço a Lapa. Vou comer um bagulho antes de Guiomar, no hoteleco da rua do Resende. Onde é que enfio essa mulher? Fosse só bandida, eu não vacilava, botava a trabalhar para mim. Tomava o que pudesse do velho e me mandava. Mas acho graça nela. Diabo. Estou muito puto dentro das calças, não sei se toco para a rua do Resende, se como no Capela ou torço tudo, esqueço, desguio para a Central. Menina, pintando os dezessete anos e tinha borogodó.

Esse morros por aí são umas misérias. Quando ganho no jogo me vem a vontade de ser bom, prestar favores, ajudar algum merduncho da vida. Uma vontade que procuro empurrar logo para fora de mim. Sou um homem com mulher honesta, uma filha, onde é que Guiomar vai entrar? Fosse um cabra sarado, um boiquira, um ponta-firme e tirava essa mulata da vida. Encarava Batistão, enfrentava. E daí? A mulher é minha, qu'eu tomei. Tem mais: em vida de marido e mulher ninguém mete a colher. Quer guerra? A sua é máuser, o meu é 38.

– O neguinho não toma conta de mim.

Logo me vejo, fantasiando machezas. Tapeio-me, então, com uma certeza; não passo de leão-de-chácara, o Joãozinho da Babilônia, porteirinho chué do Danúbio que levanta algum no jogo, quando a maré é de sorte. Não posso ter mais de uma família. Pela janela vai me batendo vento na cara e quando pegamos a praia, olho o céu e vejo o dia, que será de sol. A japona está incomodando. De chorrilho, multiplicando, mordendo um tufo. Seis milhas de lucro em menos de uma quinzena. Joguei, joguei de mão e belisquei. Havia dobrado capital na ronda da Boca do André, lá no Estácio. Voltei, ganhei três noites. Os parceirinhos estranhando a onda de sorte, me vendo de lado, triscado, canto dos olhos, sem bandear a cara. O velho gosta dela? Largava o lucro em casa, metia no fundo do baú velho, lá com a mulher em Madureira. Descia para a cidade com um capitalzinho, dava filhote. Estava rezado?

Guiomar não para quieta.

– O neguinho não toma conta de mim.

Penso umas coisas da vida. Quando menino, no Morro da Babilônia, a gente brincava com os cachorros, jogava-lhes pedaços de carne amarrados a uma linha forte, branca; o bicho engolia e a gente puxava. A carne voltava do estômago. Bicho estúpido, queixo duro. A gente jogava de novo, eles vinham abocanhar. Aquilo devia doer. Ela tira a roupa e seus pelos ficam mais pretos. Dezessete anos, uma parada; e me dando algum na mão, para o paizinho, chamando de machucho na cama, agrado; apesar dos cabelos brancos, diz que sei dar o recado. Batistão gosta dela? Alivio a grana do velho mijão. Deve sobrar grana. Rezado? Nada. Maré de sorte é isso. Nadar de braçada, estraçalhar, ganhar de chorrilho, aprontar façanha, tomar mina do alheio, perturbar, ganhar outra vez. Dezessete anos, não chega à altura do meio peito, porreta nos agrados, mulher. Guiomar, apesar da idade, tinha tanta coisa para me ensinar na cama que eu perdi o remorso.

Aí, eu era impossível no morro e fiquei Joãozinho da Babilônia. Olho o taxímetro correndo na bandeira dois.

– Chefe, pelo túnel Santa Bárbara.

A patuleia, a ratatuia, a curriola, a patota se arruma no Capela. A gente boa.

Quase seis da manhã. O Capela ainda ferve na Mem de Sá, restaurante embaixo, inferninho no primeiro pavimento. Aquilo aninha uma cambada bem sortida a esta hora, um dos poucos pontos do centro da cidade onde a maioria se conhece na misturação – marafonas, bandidetes, travestidos, jogadores, gente da noite, da polícia, picaretas, jornalistas, velhos, gente descarrilada, otários, coronéis, safados, cafetões, homens fanados e com sono, bêbados – da gente abonada e alegre na bebida aos merdunchos e bicões da noite, sentados, encolhidos, esfomeados, tesos, sem pedir nada e vendo os outros comerem.

Mulher entrando e saindo, saçaricando para os homens, fazendo fricotinho, subindo ou descendo da buate para o restaurante pela velha escadaria de madeira, remexendo os corpos, piscando os olhos pintados, chamando, torcendo as caras cansadas, empetecadas de pintura, que as primeiras horas do dia começam a desmascarar sem pena.

Aqui, o mais bobo acende o cigarro no relâmpago.

A porta de vidro do Capela abre, fecha, abre. Um formigueiro. Guiomar me esperando no hoteleco. A porta não tem sossego. Passa-me a ideia besta, tirava a mulata do velho, arrumava uma casa no subúrbio. Talvez desse pé, só quarto e cozinha, a maré é de sorte. Diacho, Joãozinho da Babilônia tem janeiro na noite, não se ilude feito um menino. Estou pegando amizade.

Logo rio, baixo, cínico no canto da boca, engolindo conhaque e mordiscando pão, enquanto a comida não vem. Batuco no copo:

– Ao enterro do sabido vão quatro viúvas. Uma não conhece a outra.

Um crioulinho sustenta um peso no braço esquerdo, de encontro aos rins e vem que vem curvado. Mas anda rápido, arisco varando a manhã. Com os seus jornais, entra no Capela e grita o nome do primeiro matutino da cidade.

Compro e esfrio na primeira página. Um frio na nuca, um afogo na barriga. Depois, amargo na boca. Acima das letras pretas, enormes, a cara de Guiomar tirada do retratinho do documento. E eu que nunca botei fé no ciúme de Batista. A vontade me bateu quente, no começo, num sufoco. Levantava, saía de mesa em mesa no Capela, gritava para a cambada que foi ele, o velho, o cavalo se metendo a macho. Soquei a mesa e o conhaque voou.

Mas fico, sem fazer nada, numa ponta da rua do Resende. Os ônibus comem a manhã e os rádios de pilha tocam músicas caipiras. Tinha um caído bonito de cabeça para trás e para os lados, me ficava pequena, menina que não chegava à altura dos ombros.

Encho as bochechas, sopro, o bolo do peito diminuindo. Procuro cigarro. Estou ligado – fosse ao hotel, daria uma pista aos ratos da polícia. Aparecesse no Instituto Médico Legal, ali pertinho, os homens me iriam prensar. Contasse direitinho o meu interesse pelo presunto.

Primeiros pardais passam entre os oitis da Mem de Sá. Vai ser dia de sol.

UM CONTO DA BOCA DO LIXO

Paulinho Perna Torta

Publicado originalmente em 1965, integrando a reunião de contos *Os dez mandamentos* (RJ, Civilização Brasileira). Foi revisto pelo autor na Muda, um sanatório na Tijuca (RJ), entre maio e junho de 1970. A versão aqui reproduzida é a definitiva.

Um valente muito sério,
Professor dos desacatos
Que ensinava aos pacatos
O rumo do cemitério

Século do progresso, Noel Rosa

... quem gosta da gente é a gente. Só. E apenas o dinheiro interessa. Só ele é positivo. O resto são frescuras do coração.

(de acordo com o ensino de Laércio Arrudão)

Que essa cambada das curriolas, que esses ratos da polícia e esses caras dos jornais, gente esperta demais com seus fricotes, máquina e pé-ré-pé-pés, espalha que espalha mais brasa do que deve.

Sei que deram para gostar ultimamente de encurtar o nome de Paulinho duma Perna Torta.

Paulinho duma Perna Torta. Paulinho da Perna Torta. Apenas.

Nos jornais, nas revistas. Também na televisão já vi essas liberdades. Leio e ouço por aí. E assim, São Paulo inteiro acabará me chamando de Perna Torta.

Não gosto.

Moleque de rua

Dei duro. Enfrentei.

Comecei por baixo, baixo, como todo sofredor começa. Servindo para um, mais malandro, ganhar. Como todo infeliz começa.

Já cedinho batucava.

– Vai um brilho, moço?

Repicar na caixa, mandar os olhos nos pés que passavam. Chamar freguês. E depois me mandar no brilho dos sapatos. Fazer um barulhão com o pano, atiçar os braços finos, esperto ali.

Os dedos imundos não tinham sossego. Às vezes, cobiçava os pisantes dos fregueses; então, apurava mais o brilho. O tipo se levantava da cadeira, se arrumava todo; se empinava, me escorregava uma nota. Humilde, meio encolhido, eu recolhia a groja magra. Tudo pixulé, só caraminguás, uma nota de dois ou cinco cruzeiros. Mas eu levantava os olhos e agradecia.

Aguentava frio nas pernas, andava de tênis furado, olhava muito doce que não comia e os safanões que levei no meio das ventas, quando me atrevia a vontades, me ensinaram que o meu negócio era ver e desejar. Parasse aí.

Aguentei muito xingo, fui escorraçado, batido e dormi de pelo no chão. Levei nome de vagabundo desde cedo. Lá na rua do Triunfo, na Pensão do Triunfo, seu Hilário e dona Catarina.

Aquilo, àquele tempo, já era o casarão descorado dos dias de hoje, já pensão de mulheres. Mas abrigava também, à noite, magros, encardidos, esmoleiros, engraxates, sebosos, aleijados, viradores, cambistas, camelôs, gente de crime miúdo, mas corrida da polícia; safados da barra pesada, que mal e mal amanhecia, seu Hilário mandava andar. Cada um para a sua viração.

A gente caía para a rua. Catava que catava um jeito de se arrumar. Vender pente, vender jornal, lavar carro, ajudar camelôs, passar retrato de santo, gilete, calçadeira... Qualquer bagulho é esperança de grana, quando o sofredor tem a fome. Vontade, jeito? A fome ensina. A gente nas ruas parecia cachorro enfiando a fuça atrás de comida.

Ainda escrevem aí que matei meu pai a tiros por causa de uma herança... Esses tontos dos jornais me botam cabreiro.

Outra coisa errada que em meu nome corre é que comecei na zona. Que zona, que nada... Zona foi vida boa. Foi depois de Laércio Arrudão me apadrinhar e me ensinar o riscado do balcão, pra cima e pra baixo, servindo cachaça, fazendo sanduíche e tapeação nos trocos; misturando água nas bebidas quando, noite alta, as portas do bar desciam e Laércio ia fazer a féria e eu as marotagens nas garrafas. Sim. Mas antes dessa coisa de zona, me rebentei por aí.

Bem. Engraxando lá nas beiradas da Estação Júlio Prestes. Era um na fileira lateral dos caras. Entre velhos fracassados em outras virações e moleques como eu e até melhores, gente que tinha pai e mãe e que chegava lá da Barra Funda, da Luz, do Bom Retiro... Porque isso de engraxar é uma viração muito direitinha. Não é frescura não. A gente vai lá, ao trambique da graxa e do pano, porque anda com a faminta apertando. E é mais sério do que aquilo que os otários com suas vidas mansas, do que os bacanas e os mocorongos com suas prosas moles julgam. Aquela molecada farroupa com quem eu me virava, tirava dali uma casquinha para acudir lá suas casas; e, engraxando, os velhos, sujos e desdentados, escapavam de dormir amarrotados nas ruas, caquerados e de lombo no chão. Como bichos.

A Júlio Prestes dava movimento e éramos explorados por um só. O jornaleiro. Dono da banca dos jornais e das caixas de engraxar, do lugar e do dinheiro, ele só agarrava a grana. Engraxar, não; ele lá com seus jornais.

Eu bem podia me virar na Estação da Luz. Também rendia lá. Fazia ali muito freguês de subúrbio e até de outras cidades. Franco da Rocha, Perus, Jundiaí... Descidos dos trens, marmiteiros ou trabalhadores do comércio, das lojas, gente do escritório da estrada de ferro, todo esse povo de gravata que ganha mal. Mas me largava o carvão, o mocó, a gordura, o maldito, o tutu, o pororó, o mango, o vento, a granuncha. A seda, a gaita, a grana, a gaitolina, o capim, o concreto, o abre-caminho, o cobre, a nota, a manteiga, o agrião, o pinhão. O positivo, o algum, o dinheiro. Aquele um de que eu precisava para me aguentar nas pernas sujas, almoçando banana, pastéis, sanduíches. E com que pagava para dormir a um canto com os vagabundos lá nos escuros da Pensão do Triunfo. Onde muita vez eu curti dor de dente sozinho, quieto no meu canto, abafando o som da boca, para não perturbar os outros.

Dona Catarina, naquela boca do inferno. Piranha velhusca, professora de achaques, de manha e de lero-lero. Uma dessas veteranas que de gorda já não tem cintura. Arrastando varizes lerdamente, aos resmungos e desbocada, tomava-nos o que podia. Piranha, rápida no tirar o que é dos outros e sem muita explicação, dona Catarina era dona Catarina. E não sei se eram os meus olhos verdes, como algumas mulheres têm dito ou a cara toda de coitado...

Se eu andava muito branco ou cara inchada de dor, a velha me dava um jeito. E me arrastava para ver. Tinha lá no Largo Coração de Jesus, seus conhecidos, um farmacêutico e um dentista.

Também me rendia a viração na Estação da Luz. Ganhava. Mas as porradas me foram sapecando olho vivo. E já não era tão trouxa. De quando em quando, se animava e explodia lá onde é hoje a Boca do Lixo, pegava a Luz, um tenderepá qualquer e na quentura do bate-fundo, corria gente para todos os cantos que, – à chegada da polícia, as ruas ficavam azoadas, os otários botavam a língua no mundo e até os mais malandros perdiam suas bossas. Que o castigo vinha a galope. E nessas umas e outras, os pequenos se estrepam. Aprendi desde moleque. Pois. Nos esporros lá da boca, sobrava sempre um rabo-de-foguete, um estrepe para eu segurar. Um vadio ou uma vadia, terminando o fuá, vinham se chegando à minha caixa, se encostando, me passando o açúcar. Charlavam que era emprestado. Sim. Que depois me devolveriam. Sim. Que eu era faixa deles e eles, meus do peito. Sim. E o jeito que a cambada tem para tomar... Eu, morto, entregava depressinha. Muita vez, na arrumação me furtavam o dinheirinho suado, arranjado no brilho dos sapatos. A devolução? Cobrasse e levaria safanão ou deboche.

Lixão. Naquele tempo, estas ruas aí às beiras das estações de ferro não expunham estes bordéis todos, onde basbaques, otários, malandros e polícia se amontoam, se comprimem e multiplicam trampolinagens, brigas, corridas, prisões, fugas. Lixão é agora. Falo da dos Andradas para baixo. A dos Gusmões, a General Osório, a do Triunfo, a dos Protestantes... Só as duas últimas é que tinham algum tropel. O resto, ordem. A Santa Ifigênia enfeitava-se de muita confeitaria e loja decente e fachadas bonitas onde se vendiam coisas de preço. Até gente bacana, lá dos bairros jardins, do Jardim Europa, do Jardim América, do Jardim Paulistano, vinha comprar coisas na Santa Ifigênia. É.

É que na cidade havia zona. E a concentração maior da bagunça, da safadeza e de todas picardias de malandragem e virações ficava lá longe. No Bom Retiro. Aquilo era um formigueiro na rua Itaboca e dos Aimorés. Até gente morria. Tiro, facada, navalhada, ferrada e todo o resto do acompanhamento. Mas era um braseiro isolado e não bulia com ninguém fora dali.

Para os lados das estações, só vinham os pés-de-chinelo, sofredores sem eira nem beira; trabalhadores da roça que chegavam à capital, uma mão na frente e a outra atrás, querendo emprego; maloqueiras e seus machos, esmoleiros, camelôs, aleijados. Caras de gente amarela, esfomeada. Trapos. Como eu.

Nada do movimento de hoje. Esse chamar homem com a cabeça, a boca e gestos safados de mão sugerindo tudo, esse "vem cá, meu bem" do mulherio enfileirado às portas, essa caftinagem rampeira ou cara que se aloja e se estende por todo o Lixão, é coisa aparecida, aos poucos, a partir de 53, quando os cobras do governo fecharam a zona. Naquele tempo, haver havia alguma brasa. Mas era escondida. E as curriolas ferviam com maneiração. Claro que, muito come-quieto de mulheres, boca de sinuca, dadinho, carteado. E os *rendez-vous* lá da rua Aurora, da rua dos Timbiras, Vitória e Guaianases. Mas só. E tudo juntinho, arrumadinho, direitinho. Organizado, mulheres de preço. Podia fazer forrobodó não. Àquilo tudo de nome francês, a gente dava outro nome. Da gente. Pensões Alegres.

Bem. Na Estação da Luz me tomavam o dinheiro. Com o tempo me apavorei, achei que não estava no tom aquela malandragem correndo para cima de mim e me manquei. Entendi. Parei de estalo. Desguiei, me espiantei, me esquinizei e, deslizando dos malandros, bati perna, acabei me escorando lá na Estação Júlio Prestes. Sondei. Pedi, peguei um lugar ali nas caixas do saguão. O jornaleiro era dono. Um bicho gordo, vermelho, com o cigarro que não saía do bico.

–Você dá no couro?

Dei no couro, sabia muito bem o que estava fazendo no brilho de um sapato. Mas me dei mal, desacostumado com aquilo de pagar taxa ao dono das caixas. O homem nos tomava a metade... Meu capitalzinho se esfacelava às oito da noite, à hora da divisão.

Para a Pensão do Triunfo voltava murcho, encabulado. Ô espeto! O dinherinho dava mal e mal para um prato feito, um sortido, muito, muito sem-vergonha lá no Bar do Porco, na rua dos Gusmões. Que eu comia, cabeça baixa, enquanto as mulheres faziam gritaria, bebendo e folgando com seus otários.

O Bar do Porco era velho e fedia; era muquifo de um português lá onde, por uns mangos fuleiros, a gente matava a fome, engolindo uma gororoba ruim, preta. Mas eu ia. Uns trinta-quarenta cruzeiros resolviam. E a gente andava apavorada de fome.

Era um trouxinha. Moleque escorraçado, debaixo de um quieto rebaixado, mas me roendo por dentro, recolhia calado os pixulés que me sobravam da exploração do jornaleiro.

Enfrentava a graxa, a escova e o pano; dia inteirinho alisando e polindo sapato de bacana, de pilantra, de bandido, do que desse e viesse. Ainda me tomavam a metade. Aquilo me deixava mordido, queimado, mordidinho.

O dinheiro do cara era gordo, era um tufo. Com aquilo, eu faria gato e sapato, mil e uma presepadas, me arrumaria a vida. Ferveria.

Eu era um trouxinha que não sabia mandar o dinheiro do alheio.

Mandei a mão na maçaroca de grana. O sujeito me pilhou com os dedos na coisa e me plantou a mão na cara. O bofete quase me cata a orelha em cheio, aqui de lado, abaixo da costeleta. Doeu, estalou.

Ele estava à minha frente e eu meio agachado, pelo vão das pernas, podia ver os outros engraxates. Cada um no seu lugar, olhando parado, não se dizia nada. Ninguém se mexia.

Lá na plataforma se ouviu o grito fino, vivo, do apito do chefe de trem, a locomotiva barulhou, ia arrancar sua partida. Gente passava carregando malas. O saguão estava cheio e uma roda se formou. O jornaleiro me encarava, o carão vermelho se torceu. O homem abriu o bico. O cigarro aceso caiu; largou uma praga para cima de minha mãe.

Aprumei-me do desengonço em que o tapa me deixou. Então, o bicho quis me agarrar no braço. Na outra mão sustentava um pedaço de ferro que não sei de onde veio.

Eu já sabia correr o pé e dar cabeçada. Quando chifrava pra valer, não era para fazer carinho, não. Botava outros moleques de bunda no chão, estiradinhos na calçada. E então, não me cansava de chutar o freguês. Malhar, malhava; mas agora, com aquele bicho gordo eu não podia. Vermelho e atento à minha frente, ia me furar com o ferro da outra mão. Dei-lhe uma ginga. Duas.

A roda se abriu, gente apertou os olhos para nos ver, houve cochilos. Mas só os guardas me passavam pela cabeça; se me pegassem, não dariam a menor colher de chá, me arrastariam depressinha para o Juizado, não querendo explicação. Escapulir bem escapulido. E já! Requebrei.

Fui e vim, rebolando. O gordo estatelado, os olhos me comendo. Na terceira ginga, o homem entrou na minha, avançou, tombou para a direita. Então, fintei o freguês pela esquerda e me voei de enfiada pelo portão de saída da Júlio Prestes. Dei no pé, dei, me arrancando ganhei os lados da Santa Ifigênia.

Só ficou uma esfoladela no antebraço.

Mas logo-logo percebi que caíra de dois pés num buraco só. Estava espetado, espetadinho, engolobado. Como um martelo sem cabo.

Meu nome, na boca dos caras, ia correr as estações. E o Juizado atrás. Estava complicado; eu que me cobrisse. Andasse dali.

Pé pisando no chão. Magrelo na camisa furada. Pálido, encardido, dei para bater perna de novo, catando virações pelos cantos e pelos longes da cidade. Vasculhei, revirei, curti fome quietamente, peguei chuva e sol no lombo; lavei carro, esmolei nos subúrbios, entreguei flor, fui guia de cego, pedi sanduíches nas confeitarias e nos botecos, corri bairros inteiros. Mooca, Penha, Cambuci, Tucuruvi, Jaçanã... me enfiei nos buracos e muquifos mais esquisitos, onde nem os ratos da polícia chegam, ajudei nos ferros-velhos, me juntei a pipoqueiros, nos portões do Pacaembu e lá no Hipódromo da Cidade Jardim sapequei muita charla, servi a mascates lá nas portas do mercado da Lapa, me dei com gente de feira, vendi rapadura, catei restolhos de batatas às beiras do Tamanduateí, morei na favela do Piqueri, me virei com jornais nos trens suburbanos da Sorocabana; malandrei e levei porrada, corri da polícia, mudei não sei quantas vezes, dei sorte, dei azar, sei lá, fucei e remexi.

Andando por aí como um bicho, decorei os nomes de todos esses becos, praças, largos, ruas.

Minhas mãos ficaram quadradas como mãos de pedreiro.

Aprontei, sem exagero, tudo isso e mais algumas, que os caras da imprensa, interessados só na minha grandeza, nunca escreveram.

No entanto, tudo tem seu senão e até aí havia sido só uma parte. Muitos anos de janela, muito estrepe, muita subida e muita piora, me permitem dar fé de que tudo tem seu senão. Eu ainda era um trouxinha. Cadê picardia?

Uma criança que não conhecia o resto do balangolé – cadeia, maconha, furto, jogo, mulher.

Pois. Assim, até os quinze anos, quando Laércio Arrudão e eu nos topamos.

Mas nas minhas perambulagens aprendi a ver as coisas. Cada rua, cada esquina tem sua cara. E cada uma é cada uma, não se repete mais. Aprendi.

Gosto mais da rua Barão de Paranapiacaba.

A rua Direita tem movimento demais. Perturbada pelos seus sujeitos gritando: "burro, cavalo e cobra", seus cambistas, seus camelôs, seus marreteiros de gasparinos e rifas de automóveis; agitando-se com a pressa do povo passando entre esmoleiros, molecada miúda, paralíticos, misturação crescendo com gente que entope as lojas até as calçadas. E tem muito grito dos viradores, que se defendem na venda de frutas nas carrocinhas, de livros de lei e de impostos e de selos, e mapas e manuais de cozinha. Uma presepada. E tem tanta música barulhenta dentro das lojas populares que abrigam mal e apertam gente aos montes. À noite, fica dos negros. É onde se concentra, se reúne e se topa a parte maior dos crioulos da cidade. A crioulada. Para eles, a Direita é um código à noite, um famoso ponto de aponto quando se pretende um encontro. Durante o dia, são pernas que passam pra baixo e pra cima, deixando a Direita toda torta, toda cheia, tomadinha. Que ali parece nascer gente do chão.

A Barão de Paranapiacaba é uma reta. Praça da Sé de um lado e Quintino Bocaiuva do outro. Ela, escondidinha. Curtinha, ruela. Estreita, da sacada dos edifícios, os sujeitos se debruçam e podem se comunicar com gente dos prédios do outro lado da rua. Setenta, oitenta metros, mais não tem. Nenhum trânsito de carros e até no meio da ruela as rodinhas se formam. E quanta boca de inferno ali! Às rodas, discutindo, conversando, gesticulando, bolando suas atrapalhadas, negócios, casos, ficam tipos vadios e medidores, pés-de-chinelo ou bem-ajambrados, gente de alto negócio ou de grana miúda. Japonês, espanhol, português, italiano, judeu, inglês. Um caldeirão. E há velhos estranhos, lentos e esbranquiçados. A Paranapiacaba ferve de todos os vagabundos, vestidos de todos os jeitos. Nem a Praça da Sé, nem a Direita e nem o Largo do Café têm aquela variedade de bichos. E transita até bacana, que ali tem muito advogado e dentista de nome. Parados, espiando, traçando charlas, acompanhando pernas que passam, juntam-se *bookmakers*, cambistas, passadores de maconha e de tóxicos, engraxates, camelôs, gente da polícia, otários. Viciados da sinuca, do dominó e do baralho, maldormidos e muito brancos, sobem para o primeiro andar lá do Taco de Ouro, onde uma senhora fica à caixa e o dono é um velho sírio que se arrastando e praguejando vai comendo de vez em quando uma fatia de beterraba do prato que traz à mão... Gente responsável e apressada vem trocar dinheiro na casa de câmbio... E tem escritório de advocacia, tem cartório, barbearia, doçaria, dentista, drogaria... e a rua é curtinha. E ferve.

As duas são do centro da cidade. As duas ficam do lado de lá do Viaduto do Chá. Dia e noite, tirante as madrugadas, nas duas há sempre hora para os malandros, os vagabundos e os viradores. Mas há uma diferença. É um toque, é um quê e a gente não explica. Talvez porque na Direita os viradores gritam e na Barão de Paranapiacaba eles pensam. Talvez assim – numa, se trabalha; noutra, se matuta.

Há negócios grandes e também há os engraxates na Paranapiacaba. E foi lá.

Engraxando lá uns tempos nas caixas da entrada da barbearia, que eu conheci, bem-ajambrado e já senhor, no terno claro de brilhante inglês, que fazia a gente olhar, mão luzindo um chuveiro e dentes brancos muito direitinhos, um mulato muito falado nas rodas da malandragem, professor de picardias, dono de suas posses e ô simpatia, ô imponência, ô batida de lorde num macio rebolado! Laércio Arrudão.

Que foi pelos meus olhos acesos e verdes ou pela minha cara de esperto muito acordado; que foi pela mão de Deus ou por uma trampolinagem do capeta. Mas foi a minha maior colher de chá, o meu bem-bom, a minha virada nesta vida andeja.

Laércio Arrudão me topou e me deu uma luz, me carregando para empregado lá na zona, no boteco da Alameda Nothmann. Ali, no Bom Retiro. Pegado aos trilhos do bonde, na esquina da rua Itaboca, defronte à rua dos Italianos; ali, naquele muquifo escuro, onde minha vida virou, é que os vadios das curriolas, os trouxas das ruas, os tiras das rondas, as minas, as caftinas, os invertidos, as empregadas da zona e os malandros encostavam o umbigo no balcão pedindo coisas, balangando seus corpos e queimando o pé nas bebidas. E cujo nome, de muito peso e força, era repetido de boca cheia na fala da malandragem. Boca do Arrudão.

Pela primeira vez eu morava em algum lugar.

Zona

Vou pedalando.

O sol queima a rua Itaboca, me dá firme na cabeça, os bondes comem os trilhos, é um barulhão que estremece até as casas; os trens da Sorocabana e da Santos – Jundiaí vão se repetindo lá em cima do viaduto da Alameda Nothmann, carregados e feios. Gente se pendura até nas portas. Vou pedalando.

Nestor ainda não abriu a barbearia, o posto de preventivos só começa à uma hora. O salão de sinuca do Burruga fechado. A farmácia está quieta. A rua está sem mulher.

Atrás das tabuinhas das venezianas verdes dormem todos.

Pego à esquerda, entro pela rua dos Aimorés, esta que fecha a forma de U que a zona tem. A Aimoré, como a gente chama e onde estão as mulheres melhores. Onde trabalha Ivete.

Lá do Largo do Coração de Jesus vêm chegando as batidas da igreja; toca também a sirena da fábrica de máquinas de costura aqui da rua José Paulino. Meio-dia, sol queimando. Sozinho no meio da rua, apenas deslizo, pedalando ao contrário, folgando o impulso da descidinha, gozando.

Gatos aproveitam os restos da noite na calçada. Que ontem houve fervura, tropel, esporro... a zona só foi dormir depois de muito louca e azoada... Como sempre.

O vento quente me dando na cara, o sol me enxugando os cabelos, os olhos doem um pouco, acordei agorinha. Gostoso, pedalar.

–Vem...

Eu, já de pé, me lavava. Ela me estendeu um braço, se ajoelhou. Brincou de me catar.

– Que nada! Preciso me arrancar. São quase duas horas, mora.

Ajoelhada na cama, se botou quieta e pediu. Nua.

–Vem!

Mandando. Reparei as coxas juntinhas, o arrepio me correu pelas pernas, a vontade começando. Empurrei o pensamento, desguiei, catei a bicicleta, ganhei a porta, ri.

– Deixe pra lá – e fechei e abri a mão, lhe espirrei água.

Ivete me mandou um xingo, séria. A gente se despede assim.

Na rua pedalei, parei. Como todos os dias, me penteei na rua. Lá dentro, faço mil e umas, acabo me esquecendo de dar um pente nos cabelos.

Com essa história de enganar Ivete nas horas, ganho um monte de tempo. Horas. E zanzo demais por aí, em cima da minha magrela. Gosto do pedal. Nele é bom curtir essa onda de andar.

Sei lá por que gosto. Sei que gosto. Atravesso essas ruas de peito aberto, rasgando bairros inteirinhos, numa chispa, que vou largando tudo para trás – homens, casas, ruas. Esse vento na cara... Agora vou indo lá para o Pacaembu. Vou pegar a Nothmann, subir, desembocar, direto na Barra Funda, ô puxada sentida! É me curvar sobre o guidão, teimar no pedal, enfiar a cara. Depois, ganho a avenida larga e, numa flechada, alcanço o estádio.

Nas manhãs, ficar com Ivete é bom, que é bom entrar nela ainda no sono, naquela madorna gostosa, na quentura das coxas se abrindo, os beijos que duram, duram. Os olhos gozando fechados debaixo de mim. Mas estar na cama depois das onze é uma dorzinha nas costas, que me empurra fora do colchão surrado. Ivete, não. Seu sono parece um desmaio. Também...

Na noite, enche o caco com tudo quanto é bebida. Com os trouxas, seus fregueses, amarra um pingão, ferve e queima o pé. Toma tóxico, perturba, fica à vontade. Às vezes, começa a trambicar vestida. Ali pelas dez da noite, desfila pelo Salão Azul, apenas de maiô, armando suas presepadas e bulindo com a vida de todo o mundo. Bebendo.

No outro dia está desancada, quebrada. Um trapão. Dorme até as tantas. Pelas três horas é que se acorda e fica um tempo sem fim sentada no meio da cama. Fumando e cuspindo no penico, meio tonta. E fica. Ivete.

Lava-se depois, se arranja, começa a pintura. Um tempão empetecando a cara pisada e encolhendo a duana. Troca. Despe e destroca não sei quantos vestidos. Pintada demais, se apruma sobre os saltos muito altos, se empina. A bunda aparece mais e os peitos se endireitam. Vai enfrentar.

Firma o corpo, chama os homens, levanta o dinheiro. Mango por mango, ali. Pelo quarto-quinto freguês, está engolobada de cansaço. O corpo querendo afrouxar. Mas firma e vai valente. Outra vez Ivete mete um tóxico na cabeça. Otedrina misturada a espasmo de Cibalena ou qualquer primeiro barato que encontra na farmácia. Coraçãozinho ou baratino, maconha ou picada de injeção. Tanto faz. Todo barato é um incentivo quando uma mulher tem vontade e um homem para sustentar.

Fica esperta. Os olhos se arregalam nos homens da rua, chama. Dá duro. Levanta uma grana alta.

A madrugada vai se acabando, eu chego do boteco de Laércio Arrudão, sempre trepado na minha magrela, trazendo na esquerda o litro de leite gelado. Ponho a acabada para dentro. A gente fala. Ela pergunta como foi o dia, enquanto bebe o leite para cortar o tóxico. Agacho-me. Cato a caixa de charutos que fica debaixo da cama, começo a contar o dinheiro que Ivete beliscou na noite. Vou estendendo as notas sobre a colcha. A maçaroca de grana vai formando montinhos – tantas de cem, tantas de duzentos... Separo tudo. Depois, conto para as despesas. Tanto para a diária de madame, a caftina aqui do Salão Azul; tanto para Dona Júlia das joias; tanto para o cara das prestações. E tanto para a Caixa Econômica, em meu nome. Mamo mais algum tutu decente para o meu consumo. Roubo duzentas pratas.

Ivete vem se chegando com seus carinhos. Empurro, ela que me espere contar o dinheiro. Insiste, sobe na cama, me enlaça o pescoço. Dou-lhe um bofete leve.

– Depois...

Arrependo-me de morder só duzentos cruzeiros. Malandro tem é que andar com muito. Tomo mais uma nota graúda. Ivete já está choramingando.

– Você não liga pra mamãe.

Demoro-me ainda na contagem. Depois, empurro com os pés a caixa de charutos e me estico da cintura para cima na cama. Meto a mão no bolso, fecho os olhos, sinto as notas. Ivete vai me desabotoando a camisa. Uma estripulia na cama vai abalar todo o quarto.

A gente só dorme quando os primeiros bondes da manhã estão passando.

Vou pedalando. Muito tranchã, esta magra em que pedalo, camisa aberta, pondo o peito pra frente, o queixo quase-quase no guidão, fazendo curvas e fincando disparadas por estas ruas de São Paulo, tirando minhas finas entre postes e carros, avançando contramão, tirando as mãos do guidão e guiando só com os pés, na gostosura maior desta vida... De quando em quando, me dando à fantasia de ir pelas ruas desertas, curvando sempre, de calçada a calçada, como se estivesse dançando uma valsa vienense...

Ô diabo, agora o sinal está vermelho. Paro a magrinha, me encosto à guia, enquanto a luz amarela não aparece. Fico numa risadinha besta.

– Tô de sinal fechado, compadre!

Assim dizem as mulheres da zona quando estão de paquete.

Quando fiz dezoito anos, Ivete me comprou a bicicleta. No começo, vacilei no pedido, este medo besta me tranca toda a mão em que vou fazer coisas pela primeira vez. Mas eu estava bulido pela magrela. E fui me abrir com Laércio.

O mulato Laércio Arrudão mexeu o bigode tratado, abriu

os braços, como se dissesse "o que é que você está esperando, meu?". Tinindo nessa coisa de mulheres, Laércio tem picardia, não é só a fama, não. Os olhos vivos se mexeram.

– Pede, meu. Ela dá a grana. Mulher gamada dá tudo. Parte pra qualquer negócio.

Deu. Da marca Philips, que escolhi. Ivete se entendeu com o cara das prestações que empresta dinheiro a juros. Aqui estou, caminho do Pacaembu, pedalando a magrinha.

Diz que me adora. Aferra-se numa ciumeira dos capetas, verifica se tenho marcas pelo corpo e é um barulhão tremendo que ela faz debaixo de mim; terminamos os dois arrebentados, resfolegando como bichos. Mas logo-logo recomeça tanto tipo de carinho na cama e me ensina, vai me traquejando num repertório de habilidades.

– Se você fizer isto com outra, te corto. Te apago.

Quando em quando, cata a navalha atrás do guarda-roupa. Abre a lâmina, faz menção.

Fico só no acompanhamento, quieto no meu canto, aprendendo como são essas coisas.

Já brigou com Nenê, com Janete, pôs para correr a mulata Elvira, brigou até com Miriam. Com Miriam, concordo. Que era para se embocetar mesmo; a mulher me comia com os olhos que me piscavam e, uma vez, até dinheiro me ofereceu. As outras, não. Apenas me cantavam para o cinema.

– Suas chibadeiras, cambada de cocheiras!

(Claro que aceitei o dinheiro de Miriam...)

Saibam que Ivete, francesa, 31 anos, tem quinze de putaria. Faz a vida na casa mais cara da zona. Salão Azul, o 178 da Aimoré. É completa na cama, tem fregueses caros, sujeitos que chegam de Cadillac e pagam direitinho. É. Cismou comigo à toa, à toa. Meus olhos verdes? Sei lá.

Um dia, tomando samba-em-berlim na Boca do Arrudão, quem me conversou foi ela. Não sabia o que era uma mulher e fiquei zonzo, um medo me correu. Laércio me deu o empurrão. Procurasse a piva na madrugada, à hora em que a zona se esvazia. O mulato me cutucou a barriga com o indicador e piscou.

– É a hora dos amigos das minas, mora – sorriu.

A madrugada quente, estrelada lá em cima, encabulado eu ia. A zona fechava suas portas e venezianas. Lâmpadas vermelhas ou verdes se apagavam. Atrás do verde das tabuinhas das venezianas ia ficando escuro. Últimos otários marchavam se indo para suas casas, para outros cantos da cidade. Malandros passavam perambulando seus corpos magros. O posto de preventivos descia portas. Eu me cheguei.

Duas pancadas na porta.

Eu lhe via o começo dos peitos e adoraria falar. Mas não conseguia engrolar nada. Tinha um bolo na garganta, atravessando tudo. Estava bem entrevado.

– Entra.

Depois, riu na minha cara; me encabulei mais. Mexia os dedos dos pés dentro dos sapatos, com desespero.

– Seu merdinha.

Acho que são meus olhos verdes ou a minha idade. De outro jeito não me explico a gana daquela mulher. Fúria demais era aquela e, franqueza, topei uma parada dura. Acordei quebrado, uma dorzinha em tudo no corpo; criei coragem e fiz a besteira.

– Sabe, mina? Foi a primeira vez.

Ô estrepe, onde é que eu andava com a cabeça?

Começou, mandando, folgando na minha cara; exigia exclusividades bestas, armava quizumbas com suas vizinhas e enfarruscava-se comigo, metia-me a língua ou pedia a todo o resto da zona que me tomasse conta. Espalhava um isto e um aquilo. Quem ouvisse e não soubesse, pensaria que eu era o maior perigoso.

– Meu modelo é um gato ladrão, um pilantra mulherzeiro. Olho vivo nele.

Termino a Alameda Nothmann, sigo o arrastado lerdo do bonde Barra Funda zunindo como abelha, vou tomar a descida longa agora, entrando de fina entre o bonde e o caminhão, deixando os dois para trás. Chispo. Saio do selim, me curvo, meto força no pedal da magrela. E trim-trim, já me sinto absoluto na rua.

Vivia todo arranhado. Quando eu não dormia com ela, por ficar lá mesmo na minha tarimba da Boca do Arrudão, na outra noite, Ivete estalava de nervos, se metia a me bater. Eu entendia mal todo aquele movimento. Ficava como um moleque bocó arriado à beira da cama. Aguentando a gritaria...

– Por onde foi que andou, cadelinho? – com aquele ar canalha me gozando no canto da boca.

Uma criança. Um dia de cabeça quente, boquejei com Laércio, pedi-lhe uma luz. O mulato me zombou e ouvi xingo, esculhambação, desconsideração. Fiquei desengonçado como um papagaio enfeitado. Entendendo nada.

– Também... Você deixa a gringa lhe fazer gato e sapato. Dá-lhe um chalau, seu trouxa!

Arrudão arrastou este aqui para um canto e ensinou.

– Você vai deixar de ser um pivete frouxo. Vou te levantar a crista pra você dar uma ripada nessa gringa – e me olhou dos pés à cabeça – porque você é gente minha.

O brilho de simpatia nos olhos de Laércio Arrudão começou por me ensinar que quem bate é o homem. E manda surra a toda hora e fala pouco. Quem chega tarde é o homem. Quem tem cinco-dez mulheres é o homem – a mulher só tem um homem. Quem vive bem é ele – para tanto, a mulher trabalha, se vira e arruma a grana. Quem impõe vontades, nove-horas, cocorecos, bicos-de-pato e lero-leros é o macho. Homem grita, manda e desmanda, exige, dispõe, põe cara feia e pede pressa. A mulher ouve e não diz um a, nem sim, nem não, rabo entre as pernas. Mulher só serve para dar dinheiro ao seu malandro. Todo o dinheiro. Por isso, entre os malandros da baixa e da alta, as mulheres se chamam minas.

Laércio Arrudão me ensinou.

– Mulher lava os pés do seu homem e enxuga com os cabelos.

Laércio Arrudão me ensinou.

– Outra coisa: duas ondas bestas podem perder um homem. Gostar e mulher bonita. Malandro que é malandro se espianta e evita tudo isso.

Pousando as duas mãos nos meus ombros, falando baixo e sério um português bem clarinho, Laércio começava a me escolar que quem gosta da gente é a gente. Só. E apenas o dinheiro interessa. Só ele é positivo. O resto são frescuras do coração.

Eu precisava tomar uns pontos na ignorância.

À noite, à toa, à toa, meti-lhe um sopapo na caixa do pensamento. Ela caiu e quis pôr a boca no mundo. Chapoletei-lhe mais um muquete e se aquietou.

– Fale baixo comigo.

Agora, ganha porrada toda a mão que tenta uma liberdade. Às vezes, à frente das outras mulheres do Salão Azul. Então, meu nome se espalha e começa a ganhar tamanho na zona. Boquejam à boca pequena:

– Um valente ponta firme.

Ivete se sente mulher de malandro e me agrada mais. Vem se aninhar como uma cachorra. Sou temido e presenteado.

Agora, é chispar e firme. Que a volada dos autos na Avenida Pacaembu vai de enfiada, a setenta ou oitenta, por baixo, baixo. E, quem hesita, se estrepa. Corro também, na maluquice de todos, sempre juntinho ao meio-fio e olho firme, que uma porrada aqui na avenida costuma levar o freguês lá pra casa onde o diabo mora.

Rasgo dois-três quarteirões voando, ganho o largo, pego

a esquerda, tiro uma fina depressinha entre o carrinho amarelo do sorveteiro e a ilha, já vejo o estádio com suas bandeiras, seus refletores. A imponência dos portões.

Já é asfalto livre, calmo, para eu gozar. Agora, vou brincar com minha magricela.

A moça da autoescola aparecerá hoje? Não havendo jogo no Pacaembu, este trecho de uns quatrocentos metros fica vazio, vaziinho. Os homens das autoescolas aproveitam para dar lições. Vem uma dona novinha, aprendendo a guiar. Fico na minha perambulagem, embromo; fingindo voltas, indo e vindo, batida velha de quem não está querendo nada. O que me interessa é o namoro de olhos com a dona. Aquela é filha de bacanas, moça de seus bons tratos, enxuta, enxuta. Uma boneca, uma princesa, gata. Está claro que não posso pular em cima. É do partido alto e minha charla ali não dá pé. Depois, sempre o cara ao lado que é o instrutor... Mas nos namoramos com os olhos e se pego essa criança costuro toda de carinho.

Desisto de esperar, ir, voltar e campanar. Hoje ela não vem. Toco de volta para a zona. Preciso abrir a Boca do Arrudão. Tenho pressa.

Pacaembu, Barra Funda, Campos Elíseos, Bom Retiro. Vou pedalando.

Sem boato e sem tropel, sem movimento e sem rumor, a zona fica mais triste. E o dia custa a se mexer aqui.

Três horas. Saio de trás do balcão, vou para a porta do boteco vazio.

O Burruga já abriu o salão de bilhar; o médico e o enfermeiro do posto de preventivos estão lá desde uma da tarde, folgando; poucas mulheres nas casas, mexendo a cabeça e chamando o otário, funcionando em silêncio que não varia, o gesto velho de mão direita. A humilhação do "vem cá, benzinho", "vem cá, meu amor", "vem cá, moreno" é acompanhada pelo indicador que se gruda ao polegar. E as mãos ficam se mexendo, mudas e nervosas, como se nem existissem braços. As mulheres querem ganhar na rua, que ainda não oferece homem. O destacamento da Força Pública agora chega mais cedo e dobrado. O último trouxa que mataram aqui era filho de gente graúda, a façanha ganhou tamanho e foi para os jornais, buliu com a vida da polícia, deu reportagem, retrato e todo o resto. Um delegado caiu e vários ratos da Divisão de Costumes foram para o beleléu.

Na zona, faz pouco mais de um mês.

Mataram o trouxa a soco-inglês. O cara, filho de família, na zona fazia papel de lorde, teimando em fazer presenças e aprontando marotagens. Largava aqui, numa noite, um tufo de dinheiro, esbagaçando cervejas, conhaques, traficâncias na roda das mulheres que lhe tomavam até o último, ou entre as curriolas da sinuca do Burruga e aqui mesmo na Boca do Arrudão, entre partidas de carteado. Seu nome era Pedrinho, filho de seu fulano. Um pixote, 22 anos, um papagaio enfeitado, um grosso embandeirado, que a gente aturava e levava em banho-maria porque deixava a grana. Ia assim. Foi quando, enfiando os pés pelas mãos, deu também para galã, agarrando o pé de Aieda, uma mina do 63 da Aimorés. E insistia. Teimava que teimava, meteu-se na cabeça que a mulher era amiga sua. Ferveu, deu esparramote, quis dormir todas as noites com ela. Aieda era situação pertencente a um malandro curtido, expulso da polícia marítima de Santos, uma piranha, um perigoso falado – Pernambuco. Que ficou plantado na espreita. Depois, encarou o trouxa. Até falou com modos:

– Moço, isso aí tem dono.

Mas o filho de seu fulano era filho de seu fulano e achou que o mundo era seu. Achou-se soberano querendo tomar o que era do alheio e não quis nem saber se estava certo ou errado. Empolou-se num rompante, disse palavras difíceis, perdeu a linha; destratou e até quis se encrespar com o malandro de Aieda. Pernambuco, arisco; foi desguiando, num mansinho deixou o sujeito parolando grandezas, como se a prosa nem fosse com ele.

Faz pouco mais de um mês, se deu aqui na zona, Pedrinho caiu do cavalo.

Daqui da Boca do Arrudão se viu a curriola de Pernambuco passar. Ele arrastou cá pra zona, no seu quieto bem pensado, uma cambada de cinco vagabundos da barra pesada. Para ajustar o otário.

Os caras fizeram uma casa de caboclo com Pedrinho no centro e eles a malharem. Havia um soco-inglês na mão de Pernambuco. Os outros da curriola carregavam navalha, cabo de aço e outros bagulhos. E acabaram de apagar o loque debaixo de pau.

Os jornais rápidos como um susto. Deram e exageraram as coisinhas da façanha, que o morto era filho de família. Os homens do governo caíram em cima e a rataria da polícia se apavorou. Uma cambada de fardados invadiu aqui. Vasculhou a zona, revirou todas as casas. Queriam o nome do valente. Prensaram-se as mulheres na parede; deu-se uma dura em muita gente, largou-se muita porrada e aperto, o Burruga tomou uma semana de cadeia, até eu entrei na dança, levando pancada também. Os homens da lei arrastavam a gente e desciam cacete.

Malandro que é malandro não entrega malandro. Ah, aguenta ripada no lombo, mas não entrega... A polícia sabe. E fica mordida, queimada, despeitada.

Fomos trancafiados e batidos. Mas não se entregou o malandro Pernambuco.

Ele anda corrido por aí, sabe Deus em que buraco fora de São Paulo. E por via de todas as dúvidas, Aieda também se raspou. E a fim de evitar maior enrosco, que não são mortos, também se espiantaram para longe daqui os malandros grandes – Bola Preta, Diabo Loiro e Marrom.

Das três da tarde às tantas da madrugada, me viro. Abro o botequim de Laércio Arrudão, encosto a magrela e passo para o balcão, fazendo minhas dissimuladas e marmelos nos trocos, adoçando os otários. Cinco-seis da tarde, chegam os dois irmãos de Laércio. Dois caras muito iguais comigo, me consideram e botam fé no que faço. Ivinho Americano e Jonas. Ivinho é aquele dos ternos bons e sapatos de preço. Jonas, menos vistoso nos panos, é o motorista de um Chevrolet de praça. Jonas, aquele de olhos deste tamanho. Se me enfio numa quizumba, posso ir firme; os dois vão pra fogueira comigo. Que aqui entre malandros ninguém mija pra trás, não. Quem desconsiderar e não for companheiro, dando mancada ou fazendo pouco-caso, não pode ser malandro. É um safado precisando de lição. E é podado das curriolas.

Os Arrudão... três mulatos muito vivos. Dão cartas e jogam de mão no comércio da zona, multiplicam a grana, levantando a mala do dinheiro. A noite é sempre deles. Há outros botecos. Mas a malandragem baixa na Boca do Arrudão, seduzida. Toda. Permitem jogo de ronda, cacheta e dominó lá em cima, no depósito. É um come-quieto dos capetas. Os três têm mulheres no bordel e até mesmo as caftinas judias, polonesas (a gente diz polacas) e francesas, gordas e seguras para o dinheiro, com suas pinturas empetecando exageradamente as caras e os cabelos, vêm zanzar aqui no boteco, engolir seus copos, comprar chicletes, balas de hortelã. Ficam comendo de olhos os malandros mais jovens. (Essa velharada gringa tem uma gana terrível pelos meninos das curriolas.)

A gente nunca diz apenas Laércio. É Laércio Arrudão.

Que só aparece à noite alta, vistoso e mandão, barbeado e luzindo. Dono da bola, sua palavra tem peso de lei. Canta de galo aqui e não trabalha. Fiscaliza. Faz a féria, pede o livro. Dar ordens é com ele. Os malandros ficam à sua roda ouvindo, aprendendo e adulando. Os irmãos guardam distâncias. Seu andar é de doutor, de chefe, parece um deputado. Meu padrinho. Joga-me um agrado.

– Ô batuta!

Tem o ouro e nunca ninguém soube com certeza sobre o quanto que lhe pertence. Sabe-se que é ligado ao Jóquei Clube, fala-se que tem lá um cavalo no Haras Guarani; à boca pequena boqueja-se que é dono de dois *rendez-vous* da rua Guaianazes; diz que tem negócio com jogo e contrabando em Santos... A certeza ninguém tem. A gente jamais fica conhecendo Laércio Arrudão. E se está sempre por baixo dele. É homem que não abre o seu jogo. Nem com reza brava.

– Em casa de malandro, vagabundo não pede emprego – a lei de Laércio inclui poucas liberdades.

Cinco horas. Primeiros movimentos de otários começam a acordar a zona. Basbaques passam bobeando, saídos de seus empregos, alguns carregando pastas de trabalho. O trabalho das mulheres nas casas vai aceso. Ivete já deve ter entrado na dança. Malandros pálidos e acordados há bem pouco vêm saindo a campo, principiam seu trabalho lá na sinuca do Burruga ou na rua mesmo aplicam seus contos, atrapalhando e iludindo os loques. Sirvo alguns copos, vendo alguns bagulhos. Com mais algum tempo, chegará a cozinheira preparando os petiscos para a noite.

É de repente.

O movimento cresce de supetão, toma conta das moscas e de tudo, sem a gente esperar. Dou por mim já atiçado atrás do balcão, me virando sobre o estrado para todos os lados, indo e vindo e sapecando coisas e me mexendo como um danado. Rápido. Trabalho e muito, a maré é boa depois das seis da tarde. Necessário vivacidade. Chega Ivinho Americano, chega Jonas. Ficamos três no balcão. Lutamos.

A noite é uma menina, a noite é uma criança... Mas que anda depressa, depressinha, avança e come as horas. Atrás do balcão, nós lutamos. Quando a gente dá pela gente, muita coisa já se passou, muito malandro já entrou e saiu daqui, muito dinheiro correu, se tolerou muito beberrão folgado e basbaque sonolento, mulher barulhenta, vagabundo encardido e trouxa falador, se vendeu um bom bocado e é hora de fechar. A febre deu ligeira e a noite passou correndo.

Pegarei minha magriça, passarei a chave em tudo, dormirei com Ivete. As pernas estão precisando de cama.

Mas Arrudão me cata com um chamamento, me leva para um canto.

Laércio Arrudão, meu padrinho. Deu agora, nas últimas noites, para me chamar de lado, falar baixo, pedir atenção e olho vivo na sua prosa. Quando o movimento acaba e desço as portas do muquifo, a gente conversa. O mulato me esquenta a cabeça, me bota umas dúvidas na caixa do juízo... Vai falando baixo, balangando macio, com a malícia de quem estivesse piscando mas não mexesse os olhos, uma picardia no canto da boca. A conversa é maneira, antes insinua que fala. Mas é feroz, corta. Corta. Tenho um pouco de medo dela. Arrudão também está nervoso quando me fala e ajeita um dos pés sobre a caixa de cervejas, procurando uma posição melhor para me enfiar as coisas na cabeça. Ganho um frio.

Ele estala os dedos. Ouço apenas, nem sequer concordo, nem engrolo uma palavra. Os ensinos de Arrudão ganham força, me amolam por dentro, abalam tudo o que sei. O mulato para de vez em quando, para conferir o efeito.

– Viu? – o indicador me espeta a barriga.

E é como se ele me passasse o seu vício de piranha.

Critica. Que malandro sou eu? O nervoso de suas mãos continua. Joga-me na cara que sou um trouxa, um coió muito pacato, tenho uma mulher só, perco tempo andando na magrela pra baixo e pra cima, tenho essa mania besta de namorar meninas honestas que trabalham nas lojas da rua José Paulino, não me cuido de arrumar mais grana nas virações da zona. E que nunca serei um malandro, não tenho ambição...

Meus olhos ficam baixos no azulejo gasto do boteco. Arrudão se despede, o tapa no meu ombro. Muda o tom, a ruga some da cara, já outro Arrudão, já brinca.

O Laércio que eu prefiro:

– Meu Paulinho duma Perna Torta, meu moleque...

O ensino de Arrudão quer o meu bem.

A ele só interessa é furtar, roubar, beliscar, morder, recolher, entortar, quebrar, tomar, estraçalhar. Laércio Arrudão me quer vivo e cobra como ele, a cobiçar e tomar todas as coisas alheias.

Essa história de Paulinho duma Perna Torta... eu explico.

Foi dessas besteiras de bordel. Logo depois que arrumei os trapos com Ivete, ali mesmo no Salão Azul, rua dos Aimorés, 178, aprontei um recacau por um conhaque vagabundo e um invertido.

A zona ferve de invertidos cheios de nove-horas. Ficam muito à vontade. Fazem aqui o papel de empregadinhas domésticas fricoteiras, fuxiqueiras e melindrosas; vivem de lá pra cá, levando e trazendo, como sempre insistentes nos dengues e rebolados. Terríveis, safadinhos, vivos, aflitinhos. Pintam a boca e os olhos, fazem regime para emagrecer. Querem-se enxutos, apertando-se em panos que não são nem de homem, nem de mulher. Um é Carmen, outro Margarida, Dolores, Rosana... sei lá.

Mas que ninguém se fie na frescura deles.

O Império, por exemplo. Trabalha a navalha, bate carteira, corre o pé e joga cacheta. É um acordado no baralho. E se enraivecido fica cabreiro. Que se cubram, então. Império é ponta firme numa briga. Como poucos malandros. No entanto, a onda de valente se vai depressinha. Perde a ginga de brigador; Império volta a rebolar à passagem dos machos, fazendo gritinhos e se desmunhecando.

Algum nojo, eu sinto. Mas são viradores também, sofredores sem eira nem beira. E para final, cada um é cada um.

Bem. Uma tal Jane, empregado do Salão Azul, deu para me namorar. Uma noite, saí da Boca do Arrudão para fazer não sei o quê no salão. Um braço magro me puxou.

– Meu modelo, você quer conhaque?

Jane, canalhinha. Sabia até desta minha mania de conhaque. Saracoteou, gritou lá para o caixa:

– Um conhaque para o meu amor! – me correndo a mão manicurada pelo rosto.

Veio abespinhada, uns olhos deste tamanho, que metiam medo. Ivete surgiu no salão. Lembro-me que houve um silêncio sério de gente, e a vitrola tocava:

Tava jogando sinuca,
Uma nega maluca me apareceu.

O seu sapato de salto voou para sua mão e marchou para o invertido. Gente abriu a roda. Eu, quieto. Ô, meu bom Jesus de Pirapora!

Ia feder.

–Vou te ensinar a cantar meu homem, seu puto morfioso! Chupador!

O tenderepá explodia, quando o otário que saía do quarto com Ivete se veio chegando e me vomitou uma graça pontuda, zombando com a minha cara.

– Ah, então este é o cafetãozinho...

Arranquei-me da cadeira.

Um coió daquele que não sabia sequer se havia sido parido ou cagado, se metia a gente; me jogando uma liberdade assim na cara? Estava armando quizumba? Pois ia ter.

Mandei-lhe o conhaque, mandei-me por cima do lixo, o cabo de aço já na mão.

Mas o freguês era de luta e não levei boa vida, não. Pegou-me uma cadeirada aqui na coxa e olhem – dei sorte. A ripada me vinha no crânio. Bem no meio.

Dois milicos da Força Pública se abalaram da rua para o salão. Baixaram firmes, de supetão. Não querendo prosa fiada, iam largar porrada e prender. Raspei-me pelos fundos, me grudei a uma janela e balanguei o corpo, ganhando o telhado.

Tornei à Boca do Arrudão, encabulado, murcho como um balão furado. Horas depois, capengando, capiongo e rasgado. Pegara um rabo-de-foguete. A façanha voou e Laércio já era sabedor. Ria.

Ele quem me chamou primeiro de Paulinho duma Perna Torta.

Depois, só depois, os vadios da turma. Para adular Arrudão, os vagabundos fizeram o acompanhamento estúpido. (Será que a mãe deles, na hora de pô-los para fora da barriga, também não ficou com a perna torta?)

– Paulinho duma Perna Torta!

Paulinho duma Perna Torta. Fiquei.

Como outros malandros grandes e pequenos de São Paulo, eu ganhava um nome de guerra. Que ia se exagerar e virar lenda na boca das curriolas, nas ocorrências da polícia e na mentirada dos jornais. Como Saracura, como Bola Preta, Ivinho Americano, Diabo Loiro, Marrom e como tantos outros.

E belisco e mordo, cobiçando e tomando as coisas dos outros, como é do ensino de Laércio Arrudão.

Tenho abandonado a magrela a um canto. Não namorico mais as franguinhas direitinhas que trabalham entre o balcão e as pratelerias de tecidos das lojas da José Paulino, da rua da Graça, da Ribeiro da Silva e da Carmo Cintra. Faria funcionar uns nove-dez truques a fim de marmelar um otário nos trocos do balcão – mas só uso uns três, que não falham: meu capital sobe na Caixa Econômica da Praça da Sé.

Aprendi carteado, faço trapaça, marmelo, sociedade e qualquer negócio. Tenho vocação. Dou açúcar antes. E deixo o trouxa duro, durinho na mesa. De pernas pro ar, sem dinheiro e sem destino. Desempregadinho.

Crio nome de piranha. Como os trouxas pela perna, cobiço. Torno a tomar a verba do alheio. Corro por dentro dos pacatos. Há tipos basbaques, pivetes ainda, aprendizes principiantes na roda da malandragem, que vêm de longe para me espiar jogando carteado. Porque atiço os dedos e vou ao jogo alto, não querendo nem saber se ando certo ou errado. Vou lá. Sou um relógio. Mamo a grana. Meu nome corre. O diz-que-diz me exagera, começa a me pintar de negro. Anda por aí que, por uma herança, matei meu pai a tiros... Trouxas!

O diz-que-diz não está me dizendo nada. Fama não me ilude e não me estorvando... Interessa é a grana.

Ivete foi a primeira. Mordo agora duas minas na zona. Vou mamando.

Sou de Valquíria também. Lá numa das poucas e caras casas da Ribeiro da Silva. Mulata, novinha, me dá tudo o que ganha. Era doméstica e foi comigo que caiu pela primeira vez. Charlei, abusei. Saquei a mina do emprego. Deflorei. Dormimos uma semana num hotel da Alameda Glete. Preparei aquela criança, ensinei a lidar com homem na cama.

E meti na vida.

Respeita-me como se eu fosse o sol e me chama de paizinho. Seu corpo novinho me agrada. Tem isto aqui de pernas. Nua, seus cabelos ficam ainda mais pretos.

Ivete sabe, está claro. Mas não abre o bico – meu nome de perverso anda falado. Boquejam por aí que se me tiram do sério eu apago um. Que matei meu pai a tiros. Durmo com as duas.

Cresço a galope. Aos vinte anos, a crônica policial já me adula. "Perigoso meliante." Trouxas... Volta e meia, dão o meu retrato e minúcias. Um desses tontos dos jornais me comparou, dia desses, a um galã do cinema italiano...

Paulinho duma Perna Torta é respeitado, quase de igual para igual, pelos três maiores cobras da malandragem baixa de São Paulo – Bola Preta, Diabo Loiro e Marrom.

Sou um nome. Laércio Arrudão me aprova a conduta. E atiça.

Minha concentração é na zona, mas reviro os quatro cantos da cidade.

Faço um conluio com a curriola de assaltos de Bola Preta. Mão armada, máquina na mão. Assalto, surrupio carteira, Colt 45, vou gatunando por aí. Cinco passagens na Delegacia de Furtos.

A Captura já farejou atrás de mim. Carrego cinco processos no lombo, de que o Doutor Aniz Issara cuida a bom preço. Trato Aniz de você, me impondo – e ele é o maior especialista do crime em São Paulo.

Mas estou fichado apenas como ladrão e assaltante. Rufianismo, vadiagem e jogo, não.

Faço h. Sirvo a Laércio Arrudão somente para confundir os ratos da polícia. É um h. O empreguinho é uma dissimulada que eu e Arrudão aplicamos e que me garante a carteira profissional em dia.

A cambada tem uma mania exagerada. Não gosto. Mamador, mordedor... Que eu desponto como um absurdo, um menino-prodígio, um bárbaro, um atirador. Sei lá.

Quero é mais grana. Belisco e mordo. Pé-ré-pé-pés não me interessam.

Estou falado e meu capital subindo, quando um boato varre São Paulo todo, estremecendo todas as rodas da baixa e alta malandragem, bulindo, abalando. Por tantos crimes de morte, por tantas estripulias, pelos vícios e perturbações, as curriolas todas vão cair do cavalo.

O governo vai fechar a zona.

São Paulo está comendo quente.

No primeiro tiroteio, os milicos ligados aos guanacos trabalharam na crocodilagem de emboscar. Encachorrados e campanando na espreita, fisgaram e apagaram o malandro Saracura.

Os jornais pintaram a briga, e os tiras, adulados, ganharam moral. Então, os ratos partiram para o terror. Estão ansiosos e funcionando, com vontade de apresentar folha de serviço. Faz dez dias. Batida geral, as peruas da justa farejam todas as bocas da cidade em diligências, guardando de supetão 65 sofredores.

Os malandros se apavoram. As mulheres choram e se embebedam.

– Hoje tem *blitz*.

É só o que se boqueja desesperando por aí. E é essa pixotada que as curriolas têm de meter ainda mais fogo na panela:

– E da brava.

Será que não se mancam? Que o negócio bom seria fintar a polícia, partindo para um gelo, para uma onda de calma? Não, não. Essa cambada de vagabundos não tem a menor asa-de-barata de picardia. Uns apavoradões, uns coiós-sem-sorte!

E a polícia fica sendo a força da guerra, é claro. Mas claro-clarinho – a fraqueza das curriolas é a fortaleza da polícia. E os jornais, querendo fazer uma presença para as famílias da cidade, tocam confete na polícia. E tudo se entorta. Pudera...

Pegam o pé da gente de acordo. Dão de pau, nos dão a maior prensa. Que eles são a força e vêm com gana. Também... a gente por aí, nas letras dos jornais, está mais suja do que pau de galinheiro.

No aceso da maré raiada, Marrom perde a linha e o orgulho de malandro, se separando das curriolas. Dá-lhe o cagaço, pede arrego à polícia. Faz arrumação com a ratatia da Delegacia de

Costumes. Um escândalo, aquilo é se arreganhar todo para os homens da lei – 25 mil mangos por semana. Se não paga esse imposto, escondem Marrom na Penitenciária.

Está trincado o maior trio da malandragem baixa. Sobraram Bola Preta e Diabo Loiro. Só. Marrom se largou na estrada. O pior será se Diabo Loiro e Bola, engolobados também, perderem o tino, quebrarem suas sociedades. As bocas e as virações vão pro beleléu – ninguém mais terá juízo ou bossa para alinhar os pauzinhos e os conchavos.

Laércio Arrudão se mandou voando para Santos. Ou Londrina, ninguém viu. Ivinho Americano e Jonas se rasparam para os longes de São Paulo. O boteco se acabou. Fim da Boca do Arrudão.

Os da farda continuam na lambança, folgando. Soberanos. Azucrinam à vontade. Duzentos e cinquenta malandros pés-de-chinelo e vadios das curriolas da barra miúda já estão mofando nos chiqueiros da polícia. Sofrendo.

– Na Casa de Detenção não cabe mais.

A pegada é dura, a polícia abusada e que inteligência é essa de a gente andar desunido? Bola Preta, Diabo Loiro, eu e outro, estamos pedidos e premiados pela justa. Sendo caçados nas bocas. Espetado e apertado, quase funhanhado, craneio, firmo e dou uma tacada. Chamo os dois. Fazemos um bate-boca de juízo e depressinha, num come-quieto do Morumbi. No Morumba, traçamos a defesa, catando solução. Armamos sociedade, conluiados os três. Vamos molhar a mão dos homens com uma granuncha gorda e graúda. Ou os tiras entram nos bons entendimentos ou irão rebolar.

Porque haverá guerra.

Os ratos aceitam dinheiro. Pororó vivo, vivinho, contado e recontadinho e entregue debaixo de código. Sexta-feira, lá na Avenida do Estado, à beira do Tamanduateí. Cinquenta mil por semana, a taxa de proteção. Marrom foi substituído, o trio ainda é o trio. Os ratos não furarão as cabeças de Diabo Loiro, de Bola Preta e a de Paulinho duma Perna Torta.

Quem quebrar esse acordo engole fogo.

Mas a zona está azoada demais. Os homens da polícia, afiados, fincam pé no terror. As mulheres levam pancada e mal e mal podem trabalhar; os malandros se espiantam e tomam chá-de-sumiço, se esquinizando pelas favelas e pelos buracos; no tropel, até os otários e beldroegas que nada têm com a despesa acabam levando lenha e tomando cadeia.

Estou... não sei. Estou com mau palpite.

A vida está pretejando neste fim de 53.

E um bafo besta corre nos jornais, bigodeando a gente, escondendo os pauzinhos e jogando um joguinho ladrão. A imprensa parte para a crocodilagem e defende, atiça, torce para a polícia, concorda que a zona se acabe.

A quebração veio ao meio-dia e sangrou o dia inteiro.

Dormia com Ivete e entendi numa olhada pelo vão da veneziana.

– Tem sujeira.

E nem acordei a mulher, me escapuli. No telhado, entendi que eram uns 150 ou 200, nunca poderia abrir fogo; escorreguei, me enfiando na caixa-d'água do Salão Azul. Até o peito, era água. Agachado, vi.

– Seja o que Deus quiser.

Não sou homem de fricotes ou balangolé e se tenho coração é para coisas do meu gasto. E só. Mas nunca vi nada tão feio.

Como loucos, tantãs de muita zonzeira, acabam com a zona. Vão esvaziando. Inundam as casas, tocam fogo nos colchões, entortam janelas, com guinchos arrebentam as portas. Estraçalham, estuporam, quebram. Atacam as minas, arrancadas do sono e quase nuas. Batem e chutam como se surrassem homens. Sapateiam nos corpos das mulheres.

A polícia em massa. Toda a rataria – Força Pública, Exército, Corpo de Bombeiros, Cavalaria, Aeronáutica, até o DST,* os civis, os guanacos, os cabeças-de-penicos, até a rapaziada da PE.

Os cavalos pisam também. Empinam-se no ar e atropelam as infelizes. Vão pisando.

As mulheres engolem depressa tubos de tóxicos e despejam álcool no corpo. Os corpos pelados, sem pressa pelas ruas, vão às labaredas, ardendo como bonecos de palha. O horror é uma misturação. Gente, cantoria, grito; é esguicho d'água,

* Departamento do Serviço de Trânsito.

é tiro, correria desnorteada. Xingação, berreiro, choro alto e arrastado, cheiro de carne queimada e fumaça.

Voa de tudo pelas janelas. Quebram cama, cadeira, oratórios... Sangue se espirra no lixo da rua.

Sujam, quebram o trato do nosso arrego. Capturam Bola Preta e Diabo Loiro, metem algemas, lá vão os dois cobras cuspindo e correndo o pé, em resistência. Dão pesadas. São cassetetеados, Bola Preta cai e chutam-lhe os rins.

No meio da rua, os invertidos choram, gritam e se descabelam.

Meteu-se fogo também. Ivete está morrendo devagar na rua Aimorés, há cinquenta metros meus. Eu nunca vi morte assim e sei lá como me aguento quieto, me remexendo por dentro e não podendo fechar os olhos. Nem sinto a água gelada até o peito, nem o tempo que terei ainda de me aguentar aqui.

O vagabundo Daruá, empregado do Burruga, enfrenta. Dá o que fazer com o ferro de abrir a porta do bar. Já foi furado agora, e cai, as mãos na barriga.

Ivete está morrendo.

Passa-me um pensamento besta, que se mistura a coisas de cinema – uma metralhadora.

– Com uma lurdinha, eu costurava esses folgados.

As sirenes das assistências parecem crianças chorando. Recolhem os corpos em carne viva e, aos trombolhões, jogam para dentro. Carnes se desmancham, braços e pernas. Dez-doze mulheres. Braços, pernas. Os cadáveres ainda ardem.

Minha boca fechada há muito, os lábios se mordendo. Ivete cai de vez.

Outras saem do casario imundo, a pauladas; procuram depois, na rua, agarrar restos de coisas suas. Mas são escorraçadas. E vão chorando, sem roupa.

Lacram portas que sobraram de pé, pregam trancas a martelo, metem cadeados.

Os homens da lei apitam, tiros, os cassetetes sobem e descem. E os cavalos vão pisando.

De 53 para cá

A Casa de Detenção é a maior escola que um malandro tem. Na Detenção, um malandro fica malandro dos malandros.

Entrei com o pé frio no ano de 54, perturbei bem pouco e quase me virando sozinho, dei a maior onda de azar da vida deste aqui. Morreu-me Ivete; Bola Preta e Diabo Loiro caíram na Ilha das Cobras e de lá não voltaram vivos; me sobraram apenas Valquíria e a rua. Por demais policiada. A cidade limpa da gente.

Muita mulher foi deportada para os interiores de São Paulo e até para outros Estados. As poucas que se aguentaram aqui, escapadas dos ataques da rataria, vão ajeitando aos poucos, pela rua Guaianases, Gusmões, Vitória e por todas as beiradas das estações até a Avenida São João e o Arouche, os buracos, os esquisitos e os muquifos, que continuarão a putaria. Mas os homens da polícia oprimem e batem – a eles não interessa que as minas só tenham Deus e a rua.

Após 53, toda uma safra de malandros caiu do cavalo, sendo apagada nos tiroteios ou guardada na cadeia. Até aí, o governo ganhou.

Os jornais fantasiaram, com falsidade, a queda da gente, jogando gabos no governo. Só não reportaram o que foi a matança na zona e não houve fotografias, nem pena, nem lero-leros para aquelas misérias. Só não explicaram, os tontos, o porquê da nossa queda. Só ninguém soube que caímos de quatro porque nos faltaram Bola Preta e Diabo Loiro. Na crepe danada de me faltarem os dois, o trio ficou só em Paulinho duma Perna Torta. E não pude, como queria e craniei, catar meus vagabundos para tomar alguns pontos na ignorância... O governo ganhou. Mas ninguém explicou por quê.

Sozinho, meu capital se esfacelando, pulando de um hotel para outro, Valquíria não ganhando, a polícia no meu calcanhar e ainda precisando de grana, Aniz Issara mandando pedir verba para meus processos estourados, precisei trambicar.

Peguei um espeto atravessado num ônibus Avenida, quando mandava o couro do bolso de um otário. Caí na Detenção.

Não faço conflito durante três anos. Neles, aprendo atenção. Puxando esta cadeia, acho velhos camaradas das curriolas, meu nome se impõe aqui no chiqueiro da Avenida Tiradentes. Sou juiz da cela do terceiro pavilhão – o lugar especial dos perigosos. Aqui corre maconha, tóxico, cachaça e carteado. Afino mais o meu joguinho: lá fora, em liberdade, há trouxas; aqui é só malandro. Vivo mais acordado do que todos os carcereiros juntos. Cobiço e tomo tudo dos outros e penso mais demorado no jeito de roubar. E vou ficando malandro dos malandros.

Valquíria me faz visita. Exijo dinheiro, maconha (que me traga na barra da saia) e esses novos tóxicos que vão surgindo agora na praça – Dexamil, Pervitin, Dexin... Ela me conta, aqui no pátio da Detenção, que a situação dos viradores está arribando lá fora e até já existem casas montadas e hotéis que dão entrada a casais sem documento. A putaria vai se ajeitando. Laércio Arrudão e seus irmãos voltam a circular.

Valquíria se despede, esta hora da tarde de domingo é uma tristeza besta, eu sinto falta do corpo dela. Distribuo ordens. Que me traga o advogado.

Recebo o Doutor Aniz Issara. Boquejamos.

Entendendo as coisas aqui. E meu bom comportamento vira um provérbio. O diretor me requisita, examina a papelada, me examina. Sou transferido para o segundo pavilhão e dali para o primeiro. Valquíria levanta grana, passa cem contos a Aniz e sou passado, todo o respeito a um bandido linha de frente, para prisão especial.

Conheço os grandes Itiro Nakadaia, Hamleto Meneghetti e Zião da Gameleira. Um, japonês e rei do estelionato e da falsificação moedeira: a malandragem desse bicho é internacional. Meneghetti, já velho e descorado, é ainda o cobra maior do assalto de joias – 25 passagens só na Detenção. O terceiro, Zião da Gameleira, dono da macumba de São Paulo, cinco tendas só no Jabaquara, levou na bicaria até um governador e alguns padrecos; um baiano gordalhudo e acordado, que não se sabe se dirige mais macumbeiros estando em liberdade ou guardado aqui na Detenção.

Eu me comporto muito direitinhamente, como reza Aniz Issara. Mas Itiro Nakadaia recebe visita de gente graúda, que é capitão de indústria e outros babados; Meneghetti faz atrapalhadas, dorme os dias inteiros e pelas noites funciona como um bicho elétrico, tentando a fuga duas vezes por semana, e finta os carcereiros: às vezes, vão farejá-lo nas ruas da cidade e ele ainda está na cadeia.

Zião da Gameleira faz macumba, despachando daqui mesmo. Até deputado e técnico de clube de futebol já vi apontar por aqui. Facilito-lhe, de fininha, alguns macetes e tarecos. E não sei por quê. Mas tenho confiança nesse Zião.

É um picardo. Esse Zião da Gameleira me encabula. Uns olhos parados e pequenos de bicho sonolento, uma papada enorme de quem come muito doce. E que calma... Nada afoba esse Zião, gordo e sossegado. Um baiano que parece saber das novidades antes delas acontecerem. Sou malandro dos malandros, mas vi poucos caras como Zião da Gameleira. Que já vem de volta, enquanto a gente está indo. Boto o maior respeito nesse bicho macumbeiro.

Uns dois anos e meio aqui e me apareceu Laércio Arrudão. Duas semanas depois, a grana correndo por mim lá fora, ganhei um alvará de soltura.

Paulinho duma Perna Torta pisa o meio-fio da Avenida Tiradentes e é fotografado. Mas não liga aos tontos da crônica policial que estão à sua roda. Espera um táxi. Está com a grana, saiu de casa com a cobiça raiada.

São Paulo ia ser meu.

E vou.

O malandreco Frangão, Laércio Arrudão e eu montamos a maior boca de jogo de ronda da cidade. Até a polícia frequenta o nosso come-quieto do Bom Retiro. Dobro paradas de 300 mil jiraus. A rataria se mistura com a gente no quente do jogo e assim é que deve ser em tempos de paz.

Lá no Bom Retiro é completa liberdade. A igreja fica de um lado e o come-quieto do outro.

Tenho o jogo nas mãos. Mas o que cobiço é o comando da putaria e da macumba. Estou trocando e retrocando os pauzinhos, armando uma política de enfiada, que vai acabar sacando Zião da Gameleira da cadeia. Quero aquele baiano solto e sócio meu.

A Delegacia de Costumes voltou a recolher arreglo das minas e vem nascendo a Boca do Lixo. O formigueiro que era a zona está se espalhando por toda São Paulo. O governo começa a perder. Do lado de lá dos trilhos dos bondes da Avenida São João é um cumprimento só. De braseiros. Vila Buarque também já ferve de inferninhos nas buates de mentira, de grupo, que são buates só para engambelar os trouxas. O negócio é putaria e firme. Monto um apartamento na Praça Marechal Deodoro, andar todo, para servir às minas que trazem fregueses caros e coronéis das buates. Tem telefone e outros cuidados. Mil mangos por hora.

E vou.

Adoço um judeu proprietário e arranco o aluguel de um casarão da rua dos Andradas, Boca do Lixo. Meto, exploro oito mulheres lá. Dois mil e quinhentos mangos é a diária.

Dou ao abandono as curriolas do crime à mão armada. Dispenso, esqueço Valquíria e os malandros pés-de-chinelo.

Passo para o partido alto. Manicuro as unhas, me ajambro com panos ingleses, fumo charuto holandês e a crônica policial comenta com destaque porque declarei, dia desses, que a minha marca é só Duc George. Holandês. E caftinar é o negócio.

Mas dou também para o comando da punga. Paulinho duma Perna Torta, Paulinho Perna Torta – como encurtam os tontos dos jornais – e Ivinho Americano têm uma curriola de lanceiros e roupeiros trabalhando em toda a cidade e que só surrupiam carteira nos ônibus e nos cinemas, nas feiras e lotações, se os nossos ratos da polícia derem liberdades para o pedágio.

Nas madrugadas altas, entro no Parreirinha, ali na Conselheiro Nébias. Frequento, uma boneca a tiracolo sempre, dessas putinhas de teatro de revistas.

Sou tratado de doutor, jornalistas me adulam. E nessas umas e outras me estendem convites. Com as equipes esportivas dos jornais e dos rádios, conheço a Argentina, o Uruguai e o Peru. É Paulinho duma Perna Torta quem nessas delegações melhor ajambra a elegância de sua picada.

Lido com tóxicos. Desço à zona de Sorocaba e ao Retiro de Jundiaí. Compro o Pervitin a cem mangos e passo por oitocentos. Passadores de fumo vêm comigo. Nota encorpada. Só se trabalha com a melhor maconha, a pura. Cabeça-de-nego, vinda de Alagoas.

A chegada da granuncha alta me refina. Quem conta tostões não chega a cruzeiros. Aprendo. Monto um apartamento na Avenida Rio Branco e quero de tudo. Jardim-de-inverno, televisão, telefone, carro e ar-refrigerado.

E vou.

Cobiça raiada vai comigo. Por causa de dois braseiros da rua dos Gusmões, apago a Colt 45, em tiroteio de rua, o cafetão Mandureba, falado cafiolo, que atravessando o meu trajeto queria me beliscar aquelas situações.

Os jornais aprontam um escarcéu preto com o nome de Paulinho Perna Torta e me espianto para Campo Grande, Mato Grosso, enquanto Aniz Issara me cuida no fórum.

Torno a São Paulo, disposto e ansioso. Afiado. Cobiço toda a Boca do Lixo, já me entendo como futuro dono único. Monto nova curriola, estabeleço terror e tomo as melhores casas para mim. Como.

Trago meus empregados amarrados com corda curta. Mas tudo tem seu senão...

O malandro Valdão, chamado também Valdãozinho, ex-boxeador e meu empregado na colheita da taxa de proteção às mulheres, me faz uma safadeza. Entrega Paulinho Perna Torta ao DI* e vai à crônica policial fornecer reportagem sobre o *intocável* das bocas. Tenho uma crise e quero a cabeça do cagueta.

Os jornais me pintam de tudo que teria um rei. Há a exposição de tudo quanto é pose do corpo e da cara de Paulinho duma Perna Torta. Não gosto daquela uma, sem óculos escuros, em que apareço só de camisa esporte e sem charuto na boca.

Às três e meia da manhã, trago minha cambada, faço a invasão do Restaurante Tabu, *fecha-nunca* da rua Vitória, ponto de aponto da malandragem baixa. E apago, a tiros, o safado Valdão.

Os jornalecos me fervem outra vez. Nessa coisarada de façanhas, já não sei a quantas ando.

O valente Paulinho duma Perna Torta vai para as primeiras páginas.

O enterro de Valdão é seguido por toda a malandragem ao cemitério público de Vila Formosa. A consideração das curriolas a Valdão é um despeito das curriolas a um bem-feito de Paulinho duma Perna Torta. Fico mordido; me vingo partindo para o jogo sujo. Ponho ratos da RUDI e da RONE,* rondas

* Departamento de Investigações.

* Rondas Unificadas do Departamento de Investigações e Ronda Especial do Departamento Regional de Polícia da Grande São Paulo.

especiais da polícia, ocultos campanando dentro do cemitério. E, durante o enterro, capturam lá cinquenta vagabundos.

Engessei a curriola de bocudos e fiz bem. Essa cambada anda precisada de um pouco de cadeia para saber o que é vida.

E fujo de novo para as bocas de Curitiba, dobrando a verba de Aniz Issara.

É nessa minha ausência, prolongada lá no sul, nas farras de cama arrumadas no melhor hotel de Curitiba, com uma menina de dezesseis anos, Maria Princesa, que um baiano muito gordo, muito falado e acordado, deixava a Casa de Detenção, Zião da Gameleira.

Não é mulher bonita, nem gostar o que está me perdendo.

Laércio Arrudão, os anos de janela e de Detenção não me ensinaram tudo.

Que minas eu tenho e até pivas e naimes das mais finas. Tive filhas de bacanas, nas estranjas. E Maria Princesa, minha última de umas e outras fixas, é uma boneca e novinha cheirando a broto do interior – tratada, vestida, desfila como rainha... Nem gostar é o que me estrepa. Sempre gostei do melhor que é dos outros e cobiçando tomei quanto pude. E bem pensando, também os últimos ataques da polícia não me dizem nada – tenho pororó sobrando e quando me der a telha mando a malandragem de volta para quem a inventou. Posso viver sem ela.

A encabulação maior me nasce de umas coisas bestas, cuja

descoberta e matutação a ginga macumbeira de Zião da Gameleira começou a me despertar. Uma virada do destino, na vida andeja deste aqui. Um absurdo que Zião, sem querer, acabasse me levantando dúvidas bestas.

É que fiz trinta anos e pensei umas coisas de minha vida.

E na continuação da besteira, atacado pelas últimas guinadas da polícia que atende as famílias da cidade sobre o barulho dos meus esporros nas bocas; difamado pelos jornais, revistas, televisão... Sou chamado às conversas comigo mesmo.

E é uma porcaria. Meu nome é ninguém. Paulinho duma Perna Torta, de quem andam encurtando o nome por aí é uma mentira. Como foram Saracura, Marrom, Diabo Loiro, Bola Preta... e como são esses de hoje em dia, donos disso e daquilo, da putaria, do jogo, das virações... A gente não é ninguém, a gente nunca foi. A gente some, apagado, qualquer hora dessas, em que a polícia ou outro mais malandro nos acerte.

– O que é qu'eu tenho feito?

A gente pensa que está subindo muito nos pontos de uma carreira, mas apenas está se chegando para mais perto do fim. E como percebo, de repente, quando estou sozinho!

Uma parada sem jeito, ô encabulação! Agora a briga não é com ninguém, não. O pior de tudo, o espeto é que eu mesmo estou me desacatando e me dando um esporro. E é o maior enrosco!

Eu acho que ando muito cansado.

São Cosme e São Damião, Doum...
Caboclinho da mata é quem manda,
São Cosme e São Damião, Doum...
Ô saravá, povo de umbanda!

Isto é que Zião da Gameleira foi me aprontar...

Olhe lá, seu caveira,
Exu tira fogo do ar...
É com sol, é com chuva
Exu tá em todo lugar
Eh, eh... Eh, ah...
Exu tá em todo lugar!

E os atabaques e as gingas e os pontos da crioulada comiam os terreiros de Zião, batucavam no Jabaquara, até quatro horas da manhã. E aqueles bate-bocas sobre o bem e sobre o mal. Na tenda me esquentaram a caixa do juízo com uma cambada de dúvidas, sobre as coisas que tenho feito nestes anos. E vejo que não tenho andado certo, não.

Hora morfética em que ajudei a arrancar Zião da Gameleira da Casa de Detenção!

Não tem diferença.

A rataria volta à mesma política de antes de 53, quando preparava o massacre da zona. Os jornais andam encachorrados de novo. Os malandros pra cadeia, as ruas varridas e as mulheres surradas.

Eu também começo a perder terreno.

Maria Princesa me acordou com um bafo besta, que me azedou o dia e a noite. Laércio Arrudão e seus irmãos foram capturados e estão mofando na Penitenciária. Aniz Issara quem mandou me avisar.

Às vezes, penso que é uma onda besta que está me tomando. Desguio-me dela, meto maconha, engulo uns copos.

Mas hoje, eu tenho medo até de sair à rua sozinho.

RUPA.* Outro azar raiado.

Os jornais só me trazem espeto em cima de espeto.

Agora, os cobras do governo inventaram essa RUPA. Maior que a RONE e a RUDI juntas. Tiras desconhecidos, gente moça, ansiosa, máquina na mão e a maldita gana de apresentar serviço. E os jornais ainda dão apoio...

Dia mais, dia menos. Essa rataria agora é moça. A molecada vai acabar me catando.

A rua está ruim.

Saravando seus santos, estalando os dedos na sua ginga, chamando os capetas, dividindo vela de não sei quanta cor,

* Rondas Unificadas da Primeira Divisão Policial Auxiliar.

Zião já não me arruma nada. Deu para fazer trabalho aqui mesmo no apartamento. Deu foi azar! Zião da Gameleira faz, faz, faz. Fica aí rebolando na minha frente e chamando sei lá quantas linhas de umbanda. Mas não me tira a ruindade da rua. A rua está ruim e assim está.

Chega Elisa do Pandeiro. Fala clarinho, que para bom entendedor um pingo é letra. Mando. Que arranque a grana das minas, invente história, prense as mulheres na parede, faça mil e uma presepadas. Mas que traga algum pororó.

Ela vai saindo. Reforço o mando. Quando foi mesmo que peguei Elisa do Pandeiro como minha empregada? Meto os olhos na cara dela. Os olhos verdes de Paulinho duma Perna Torta. Boto doçura na preta, sei como é mulher. Falo baixo, os olhos na cara dela.

– Me traz.

Sai daqui meio boba, vai tropeçar na entrada do elevador, se eu não lhe abrir a porta. Sei como é mulher. O estrepe todo é que se continuo dando essas liberdades, mais dia, menos dia... tenho que arrastar a mina pra cama. Negócio ruim. Perco a voz ativa, Elisa do Pandeiro é só minha empregada para recolher diária das mulheres. Eu quero só a nota que Elisa me traz. Cama, não.

Lá vai Elisa do Pandeiro, preta de muito rabo, com esse andar balangado. Para mim. Não quero cama com ela, não. Dizem que Elisa anda com uma nota alta, muito bem enrustida, possuindo um bordel escondido lá em Mogi das Cruzes. Elisa é escura, é um tição.

Mas se essa história de grana alta for quente eu arrisco uma pegada nela. Para lhe tomar tudo.

A rua está ruim.

É sobre a rua que estou falando. Da dos Gusmões. Lá da Vilinha da Boca do Lixo. Um saco furado, uma ideia de jumento foi a minha. Esse espeto da polícia é que me entorta a alma. Tinha metido lá doze mulheres, movimento dia e noite, meninas de trabalhar, de enfrentar a rua. Quatro mil pacotes cada diária. Sendo menos, não adianta ter bordel, hoje em dia. Ia bem, quando furtei aquilo da Nega Lola, na manobra fina que eu sei fazer. Eu queria aquilo, dei juízo, fui lá, arruinei a Nega Lola, arruinei. Que eu sei fazer. Agora, que eu ia colher...

A rua está ruim.

Quem é que esperava? Deu para mudar delegado, deu para os tiras mudarem, os homens da lei não querem mais acerto. Uma virada, uma virada! Até mudaram o delegado de Costumes. E essa polícia me espeta a alma, me afana a vida.

Mandar, eu mando. Mando. Elisa do Pandeiro vai, conversa, charla, pede. Mas os homens não querem saber de acordo. E quem se estrepa? Elisa me pede calma.

Tenho bebido muito, estou com tóxico na cabeça e não quero nem saber se Elisa tem grana enrustida, tem bunda grande ou pequena.

– Ora, m'esquece, mulher!

A rua está ruim.

Os jornais me desrespeitando, me encurtando o nome; as ratarias apertam, meu nome está se apagando. Acabará. Estão limpando as ruas, arrancando os malandros das tocas mais escondidas.

Eu me refinei, eu me refinei, não devia tanto. Fiz muito fricote, me escarrapachei mais do que a conta, me empapucei. Ou foi essa vida que me ensinou a cobiçar tudo o que é dos outros, iludindo, avançando, tomando, estraçalhando. Também por isso tenho uma situação, carro, apartamento, telefone, viagens, bordel. Não nasci com isso não.

Mas sem tratamento, hoje eu viveria mal. Camelaria, batendo cabeça por aí. E faria coisa de marmiteiro, sofredor.

Eu me refinei e cada vez mais, amanhã precisarei de alguma novidade, senão já não serei o mesmo. Precisarei mais grana. E quando tiver, ainda assim, descontente e encabulado, irei vazio por dentro. Cobiçando e inventando novas nove-horas.

Diz aí um paspalhão de jornal, encurtando o meu nome e quase me chamando só de Perna Torta, que venho decaindo, perco todas as casas do Lixão e já tenho até medo da polícia. Uns trouxas!

Estou com tóxico no caco e uma ideia besta me passa – talvez eu devesse ter ficado com a magrela e as namoradinhas do comércio das lojas do Bom Retiro. Ou tirado Ivete da vida.

Não fossem as prosas da crioulada de Zião da Gameleira, e eu não estaria aqui agora, me azucrinando com estes pensamentos bestas.

Trinta e um anos, faço pelo São João. E nem Jonas, nem

Ivinho Americano e nem Laércio Arrudão estarão aqui para uma champanha comigo.

Tenho a impressão de que me preguei uma mentirada enorme nestes anos todos.

Outra vez o governo está vencendo Paulinho duma Perna Torta.

Mas não vou parar. Atucho-me de tóxico e me aguento. Para final, tenho ainda a grana e Maria Princesa é uma boneca.

Eu só posso continuar. Até que um dia desses, na crocodilagem, a polícia me dê mancada, me embosque como fez a tantos outros. E me apague.

E, nesse dia, os jornais digam que o crime perdeu um rei.

Apêndices

O leitor como parceiro

João Antônio

Que a leitura desse país é feita de autores de um livro só. Que autor brasileiro quando vende é pornográfico. Que há uma estranha cabala contra autor nacional premiado. Que não temos o suficiente número de livrarias – quatrocentas em todo o território brasileiro versus cem milhões de habitantes. Que os editores estão falidos e, finalmente, que não temos leitores.

Todas essas sentenças apriorísticas, fatídicas, implacáveis, já me cansaram a paciência. E resolvi pô-las à prova: às vezes em ações coletivas e, muita vez, solitariamente. Pus-me a campo – já que o leitor brasileiro (isso apregoam) não existe, é necessário fazê-lo. Já que nem sempre é possível cantar os versos do poeta João Cabral de Melo Neto: "Um galo, sozinho não tece uma manhã: Ele precisará sempre de outros galos".

Pra mim, o escritor, enquanto escreve, é exclusivamente um escritor – operário da palavra queimando olhos e criando corcunda sobre o papel e a máquina.

Pronto o livro, o autor brasileiro não deve fugir à realidade de que é um vendedor de cebolas ou batatas. Mas com uma diferença, é claro: no Brasil o livro não é considerado como produto de primeira necessidade, como os cereais. Também por isso, há de se sair a campo e de se divulgar o que se sabe fazer. Efetivamente, é mais do que um camelô de sua área: conversa sobre a obra, mas o ideal é que ouça muito o seu parceiro, o leitor. Que jamais se estabeleça um clima formal, doutoral, beletrístico, mas de debate, discussão, questionamento, amizade.

Se o escritor se enclausura numa torre, se atende apenas à onda geral da feira de vaidades que é a chamada vida literária, jamais poderá sentir a realidade de seu público. Parece-me um dado fundamental num país em que não existem fartas informações concretas sobre a natureza do público.

Logo, é preciso arregaçar as mangas. Claro que a badalação pela badalação representa repetidamente um fato deprimente – vazio, estéril, narcisista. Mas o escritor não pode fugir ao depoimento, à entrevista, ao debate, à reportagem sobre as coisas que escreve. Como não pode e não deve esperar que o leitor chegue a seus livros. Parece-me bastante mais inteligente e objetivo procurar leitores, motivá-los, falar-lhes, ouvi-los, compreendê-los. É um trabalho – e como dá trabalho!

Já se disse e se escreveu que este é um país de um rico mercado desconhecido – também em potencial de leitores. No meu caso pessoal, entendo o leitor como um parceiro, e é com essa ideia que o vou procurar.

Num país em que a grossa maioria (setenta por cento) é feita de menores de trinta anos, acho natural que se vá buscar leitores dentro das escolas, universidades, colégios. Não me furto a convites e, falando claro, até me ofereço a esse trabalho. Tenho uma resposta íntima para todo esse movimento e rumor. Levo alguma coisa além dos meus livros e a entrego aos estudantes e aos professores – o questionamento da literatura atual, a discussão objetiva, sobre o livro, as editoras, os outros autores. Parece-me que dou algo e com toda a certeza, tenho aprendido coisas só tentáveis a quem saia a campo, ao que der e vier, disposto a tomar uma chuva que molha. Um homem de quase quarenta anos que escreve e que não tenha, em nosso país, preocupação com o que os homens de vinte anos pensam certamente estará mal.

Claro que uma jovem literatura brasileira deve oferecer atrativos. Lamentável que ainda vivamos numa literatura que esbarra em preconceitos, sérios e farisaísmos sinistros – por sucesso se entende picaretagem, a falsa seriedade evita os autores de *best-sellers*, os temas realmente populares são tidos e havidos como facilitação para atrair leitores.

Não tenho medo de ser um *best-seller*. Mas me reservo a certeza de que a literatura brasileira deve ser toda de participação frente à realidade do povo e da terra: aí, sua limpeza, dignidade, missão. Um dos fundamentos da literatura, desde a Bíblia, é melhorar o homem, epicentro de qualquer arte séria e que mereça esse nome. No caso brasileiro, ainda não temos uma literatura à altura dos dramas nacionais. Mas talvez já comecemos a ter consciência dessa precariedade – um miserê não apenas literário, mas jornalístico, cinematográfico, teatral, musical e cultural (até no sentido antropológico: comer, morar, viver).

Luto, à minha maneira e estilo, contra o tabu do autor nacional não ser lido. E o resultado é que meu "Leão-de-chácara" se tornou um sucesso, batendo pornografias e facilitações.

Suplemento JSC, 13.06.1976

O [sub] mundo de João Antônio

Entrevista publicada em setembro de 1975, na revista *Crítica*.

Quando William Faulkner esteve no Brasil, perguntaram-lhe qual seria a profissão mais indicada para o escritor, já que não é possível viver de literatura. Faulkner respondeu: "garçom de bordel". Um operário elegante, cheio de mesuras, mas profundo conhecedor da psicologia das pessoas. E foi por tipos como esse que o escritor e jornalista João Antônio se interessou, penetrando em seu universo nada elegante, conversando com leões-de-chácara, convivendo com a malandragem – que ele prefere chamar de merdunchos – e toda a escória social. É esse o universo de seu segundo livro, Leão-de-chácara, *recentemente lançado.*

Fui encontrá-lo no seu modesto apartamento em Copacabana, nenhum livro à vista, jornais empilhados a um canto da sala. João Antônio diz que a entrevista deverá ser interrompida depois, porque ele tem que ir ao jornal O Globo. *Mas resolve não ir. João é um anti-intelectual, olha o espetáculo brasileiro pela ótica do povo e não do intelectual típico classe média. E foi dessa maneira que extraiu a essência do submundo urbano, numa linguagem rica em elevar o coloquial e a gíria ao nível literário.*

Já em seu primeiro livro, Malagueta, Perus e Bacanaço, *lançado em 1963 e detentor de vários prêmios, João Antônio opta pelo cotidiano merduncho, pelo lúmpen, pelos humilhados da vida brasileira. Doze anos depois, com* Leão-de-Chácara *– premiado pela Fundepar, em 74 –, o contista revigora sua função crítico-social, num livro que – sua própria definição – "é porrada do começo ao fim", porque para ele a verdadeira literatura é uma briga em favor do homem, e o escritor brasileiro deve levar isso em conta; uma literatura cujo epicentro seja o homem brasileiro. Mas até que ponto pode-se escrever a realidade desse homem?*

– Bem, a censura tem servido de muitas coisas no Brasil. Atrapalhou o caminho de algumas publicações, criou problemas para outras, cria até hoje. Evidentemente que a censura é um estado anormal de coisas da ordem ideológica, política. Nós já a conhecemos desde 64. Depois, em 68, com o AI-5, engrossou e tomou um aspecto mais forte. Mas a censura também não pode significar, como vem significando, em quase todas as editorias de jornais, um álibi para preguiçosos, omissos e picaretas de toda espécie. Você sente a presença do dedinho da omissão, do dedo nefasto da omissão, até da garra da omissão. Você sente em todas as editorias, de esporte até economia e educação. Você sente que estão usando a censura como álibi para a mediocridade, a falta de limpeza de caráter profissional e a falta de questionamento. O que se está notando na grande imprensa é que ela não questiona mais, ela não interroga mais, ela não coloca em xeque as informações que lhe são trazidas.

Então, o que é o repórter hoje? Um bom, hábil, esperto e solerte com paletó e gravata. Sempre com paletó e gravata. Hoje o repórter é um paletó e gravata. Parece um executivo. Bonitinho, limpinho, muito eficiente, muito espertinho, né?, muito lindo em matéria de informação, de informática e comunicação. Então todo mundo é comunicólogo, todo mundo sabe das coisas, só que na hora de fazerem a boa reportagem não fazem. Então o diabo do repórter tornou-se um apanhador de dados, os quais ele não coteja mais. Eu acho que não se pode usar a censura como escudo para esse feixe de mediocridades. O homem que faz o editorial pontifica, o editor organiza, o repórter apanha dados, ninguém abre o debate, ninguém abre para a possibilidade de levantar ideias novas em torno dos assuntos.

O grande problema é este: para formar opinião pública – isso é básico, meu Deus –, para formar opinião pública é preciso abrir para o debate, é preciso levantar polêmica, discussão. Porque as pessoas que fazem jornal são inteligentes. E pessoas inteligentes não escrevem apenas com palavras, mas também com ideias. Agora você vê o seguinte: os únicos jornais que estão questionando são os que eu chamo de imprensa nanica. E quem é que está fazendo hoje a imprensa nanica? São os maiores profissionais do jornalismo brasileiro, que não têm mais vez nem hora na grande imprensa, que também não se submetem aos processos da grande imprensa, estão agarrados por aí, na pingência profissional do *Pasquim*, de *Crítica*, de *Opinião*, de *Bicho*, *Movimento* etc.

E, uma jogada que eu quero dizer, o senhor Raimundo Pereira, editor do *Movimento*, que é muito vivo, por ser um bom jornalista e bom diretor, já percebeu que não existe apenas uma lacuna na grande imprensa, mas no jornalismo cultural também.

Os nossos jornais e revistas não têm portas abertas para a cultura, para a profissão jovem de poema, de conto principalmente. Então ele entra com aquela Estórias Brasileiras, aquilo ali está substituindo os suplementos literários. Sutilmente o Raimundo está dando uma colaboração muito grande também ao escritor, está destruindo um preconceito de que a literatura não tem vez no jornal, isso é besteira, é uma tolice, isso é um provincianismo tolo. E tá todo mundo gostando muito, inclusive ele está revelando uma série de nomes muito bons, Murillo Araújo, Tania Failacci, o Manoel Lobato, que já não é tão revelação, já é um velho autor, mas que não é conhecido do grande público.

E é uma oportunidade pro autor que não consegue publicar em livro, que não consegue disputar com os best-sellers *estrangeiros...*

– Exatamente. Então veja o papel da verdadeira democratização da cultura que um dos jornais mais sob a alça da censura, que é o *Movimento*, consegue fazer. Isto prova que a censura não pode ser usada para escudo de mediocridade, de picaretagem e omissão.

E no caso do livro?

– Eu acredito que esses critérios de censura são sempre critérios muito burros. Censura é uma burrice. É muito difícil estabelecer qual o critério de justiça da censura. Eu acredito que sobre o livro a censura tenha agido com menos violência do que sobre os jornais. Basta olhar o número de tiragem de cada um. Então o livro é de certa forma tido e havido como um elemento menos perigoso. Mas ainda assim o grande problema para o escritor é que ele, tanto ou mais que o jornalista, é um indivíduo que não pode pensar em censura na hora de produzir. Se existe um recado a dar é esse. O sujeito tem que transmitir sua mensagem, seja qual for, sem olhos na censura, porque a censura é a castração de qualquer tipo de criação.

É o caso, por exemplo, do Ignácio Loyola Brandão, que tem o romance *Zero* pronto há muito tempo, há cerca de oito anos, e que foi inicialmente publicado na Itália, só depois vindo para o Brasil.* O Loyola é um exemplo muito vivo de dignidade profissional do escritor. Ele esperou esses anos todos, lutou pelo livro, até ser finalmente editado no Brasil. Então, eu acho que o importante é o elemento de criação esquecer que existe censura, porque se nós começarmos a ver nessa censura o fantasma brutal, que ela já é, mais aquilo que nós acrescentamos através de nosso medo, então nesse caso estamos castrados. O que tem é que realmente colocar a palavra abertura em função. Não estão falando numa abertura? Bom, então vamos abrir essa abertura e vamos distender essa distensão, entende. Eu sou contra qualquer tipo de censura, evidentemente. Mas não se deve nem de longe acreditar que tudo que não sai publicado é culpa da censura.

* O romance *Zero* foi publicado no Brasil no mesmo ano de *Leão-de-chácara*, 1975.

A arte de João Antônio é de um realismo que descreve os pungentes dramas urbanos. Não é o realismo fantástico, mágico ou maravilhoso, que vem sendo cultivado por muitos autores brasileiros, alguns muito bons, segundo a linha hispano-americana, que também deu grandes escritores. Mas o nosso contista presente acha que "está se tornando uma onda em que só aparecem na crista os hispano-americanos, e são mais badalados que lidos". Ele é contra a importação de modelos artísticos em prejuízo de uma concepção brasileira no ato de criar. E explica:

– A mistificação da literatura hispano-americana, com García Márquez, Cortázar, Borges, Céspedes, Carpentier e outros, está virando moda, e aí começa a apodrecer. Eu acho um sinal de provincianismo incrível esse troço aí. Uma coisa que me chamou atenção foi o Eduardo Galeano, que esteve aqui no Brasil – olha eu vou falar de um autor que não morro de amores por ele, embora ache que a sua obra é importantíssima, o senhor Machado de Assis. O senhor Machado de Assis escreve, por exemplo, *Quincas Borba* no final do século passado. Você lê hoje, mais de 75 anos depois, o mesmo *Quincas Borba* e vê que se trata de uma obra universal, que não envelheceu. Muito bem, qual era o escritor latino-americano que, na época do senhor Machado de Assis, tinha a sua força? Só essa pergunta. Qual era esse escritor? Seja ele argentino, venezuelano, o que for.

E a vida desses latino-americanos hoje na Europa?

– Alguns vivem até de mecenato. Eu acho isso muito engraçado e muito lamentável também – porque eu acho muito problemático o escritor, especialmente em momentos de absoluta exceção política, sair de seu país para ir viver o bem-bom lá fora. Eu acho que o lugar da gente é aqui, e aproveitando a palavra do Autran Dourado, a minha literatura vale dentro do meu país, inicialmente. Isso é muito sério. Eu acho que deve haver o intercâmbio cultural, evidente que nós devemos ler os latino-americanos, e que eles devem ler a gente, o que eu não quero é esse negócio de mistificação.

A LEONAGEM

Atualmente a literatura de João não vale apenas dentro do Brasil. Seus contos foram traduzidos na Argentina, Venezuela, Espanha, Alemanha Ocidental e Tchecoslováquia; está incluído em nove antologias nacionais; o escritor Sérgio Santana usou o conto "Leão-de-chácara" no seu curso de literatura oral da Universidade Católica de Minas Gerais. Não obstante tudo isso, João Antônio se considera mesmo é um marginal da literatura e da vida brasileira.

Foge dos beletristas e acadêmicos de fraque e cartola, não gosta de boate, ao contrário do que fica sugerido em seus livros. "Eu sou homem mais de entrar em botequim, salão de sinuca, essas coisas. A boate não faz o meu gênero, acho tudo falso na boate, a começar do uísque, que é uma mistura de chá com iodo, qualquer besteira dessa." Seus livros descobrem particularmente o malandro brasileiro, um tipo marginalizado mais pela dureza socioeconômica do que outro fator qualquer.

Onde você escreveu seus livros? No restaurante Castelinho? E o Leão-de-chácara, *como veio?*

– Eu há muitos anos não entro no Castelinho. Entrei no Castelinho a última vez com um amigo meu, francês, que veio conhecer o Brasil e queria comer peixe. Acontece que eram três horas da manhã ou duas, não sei, não tinha onde comer peixe, e esse cara é um homem que eu admiro muito e tal. Então começamos a andar e encontramos o Castelinho. Mas isso faz muitos anos já, faz mais de dez. Naquela época, quem o frequentava era a geração dourada do Cinema Novo, o Carlinhos Oliveira, o Glauber, que estava no Brasil, e então fui lá, pela última vez. Eu não gosto de lugares da moda, não é porque eu seja mais bacana do que os outros, nada disso. Inclusive tá havendo aí uma onda com o meu nome e tal e coisa, que está se tornando de certa forma uma lenda, um troço meio babaca, essa é que é a verdade. Tem que ler o cara, discutir o cara. Eu prefiro que as pessoas leiam meu livro e apresentem críticas inclusive, do que ficar nesse ôba-ôba, como se eu fosse um profeta dos malandros, dos pobres-diabos, não é nada disso. Eu acho que se for encarar as minhas coisas sob esse aspecto vai virar badalação, quiquiriqui, vai virar besteira, vai virar besteira da grossa.

Agora, para fazer "Leão-de-chácara" eu analisei muito, conversei muito, principalmente com um garçom que já é morto – e sirva então esse papo como uma homenagem a ele. Era o Garotinho. Garotinho era um velho garçom de 62 anos, que trabalhou sempre ali na Prado Júnior, depois foi pro Cantinho do Leme, trabalhava sempre à noite. E ele tinha esse apelido Garotinho porque começava ou finalizava ou colocava no meio da frase esse termo "garotinho". Muito bem. E você sabe que os garçons são criaturas maravilhosamente bem informadas sobre a cidade, são capazes de fazer um mapa objetivo da cidade, rua por rua, conhecem até os bueiros da cidade, conhecem às vezes mais do que precisavam conhecer, são muito observadores.

A profissão, que é servir a todos, dá ao sujeito uma sabedoria muito grande, ele aprende, ele procura saber onde tá pisando, com quem tá lidando. Então, a humildade do garçom, do bom garçom, aprendi através da conversa, e acompanhando muitas vezes o Garotinho depois do expediente dele ali no Cantinho do Leme, acompanhando ele pela noite, quatro, cinco horas da manhã. Uma vez eu fui até Austin, veja bem, ele morava em Austin. Pegamos um ônibus até a estrada de ferro, depois um trem que ia até Austin, e fui até a casa dele. Amanhecemos lá nove, dez horas da manhã. Então foi conversando com ele, observando outros leões-de-chácara, vendo aquela figura aparentemente pitoresca, engraçada, que não tem nada disso, é um pingente urbano, é um massacrado – e é um inconsciente também. Então foi assim que eu comecei. A figura do leão começou a sair da aparência pra mim, começou a se aproximar da realidade, da essência.

Tenho amigos que são leões-de-chácara, encontro-os na praia, na porta da boate. Eu entro em boate e inferninho uma vez ou outra, entro também levado por uma aspiração qualquer de observação. Então foi assim, vivenciando, sentindo os caras, conversando muito com eles. E eu nunca falei à noite com esses caras, veja – tem leões daqui do Rio, um principalmente, que eu sempre falei com ele na praia, de tarde, encontrava o cara. De vez em quando eu passava na porta da boate onde ele trabalhava e então levava um papo muito rápido e tal. Convivi com os da praça Mauá, também em Santos na zona do cais, eu falei com muito leão. Mas esse é um namoro que eu faço com leões há muitos anos, que foi interrompido muitas vezes, que voltou, muitas estórias de leão que eu levantei, e que depois se perderam, não que eu tenha esquecido, mas não acompanhei e a estória foi embora, aí recompus de outra forma. De qualquer forma, é um personagem muito rico e muito dramático, é um personagem que incomoda muito, incomoda principalmente a classe que o usa, entende. Enfim, é um pingente urbano, é um anti-herói.

UMA LINGUAGEM MARGINAL

Os personagens de João Antônio são identificados mais pelas imagens ao seu redor do que especificamente pelo vocabulário. No submundo as pessoas reservam-se uma linguagem e um padrão de ética: não fugir de briga nem permitir frivolidades, estão todos no mesmo círculo – pedintes, engraxates, cambistas, camelôs, traficantes de droga, bandidos e viradores. A Boca do Lixo em São Paulo tem sido um dos pontos dessa arraia. E João Antônio nasceu em São Paulo:

– Eu sou paulista, nasci na Maternidade de São Paulo, dia 27 de janeiro de 37. Fui criado em São Paulo uma boa parte de minha infância. Morei em muitos lugares de São Paulo, principalmente lugares pobres, porque meus pais eram e são pobres. Morei nos lugares mais diversos, Vila Pompeia, Osasco, Presidente Altino, moramos nas Perdizes, meu pai mudava muito, questões de vida e tal. De forma que São Paulo é uma cidade que conheci muito profundamente. A história de "Paulinho Perna Torta", evidentemente, não é autobiográfica, mas muita coisa daquilo foi vivenciada, foi vista, fui acompanhando, como a história "Malagueta, Perus e Bacanaço". A aventura ou desventura da noite dos três jogadores, em cima da qual eu faço a novela ou conto, foi vivida por mim muitas vezes. Meu conhecimento de São Paulo chegou a ser quase milimétrico em certas áreas. E posso dizer até o seguinte: que com esses mesmos nomes existiram jogadores de sinuca, Malagueta, Perus e Bacanaço.

Eu também morei em São Paulo muito tempo, cresci lá, e houve uma época de bandidos famosos, em 65, por aí. Chinezinho, Hiroito, tinha um crioulão da Boca do Lixo, cafetão...

– Biguá. Além do Biguá tinha outro muito sério que era o Xodó. Biguá e Xodó.

Em qual deles você se baseou pra fazer o Paulinho? Ou foi uma mistura de todos?

– O Paulinho Perna Torta existiu com esse nome, apenas não foi exatamente o personagem do qual me vali. Eu juntei vários paulinhos pra fazer um Paulinho Perna Torta, mas com esse mesmo nome. E o Capovilla, o cineasta Maurice Capovilla, esteve aqui em casa com o Gianfrancesco Guarnieri, querendo levar o Paulinho Perna Torta para o cinema. E tem uma notícia aqui que apareceu em Brasília, no *Jornal de Brasília*, dia 17 de agosto de 75. O Capovilla tá dizendo o seguinte: – abertura da matéria: "O Cidadão Kane Brasileiro dos Últimos Vinte Anos". Esse Cidadão Kane é o Paulinho Perna Torta. "Maurice Capovilla, cineasta de *Profeta da fome*, Festival de Brasília de 1970, está em Brasília e informa que vai retomar ainda este ano a atividade cinematográfica de longa-metragem, a partir de uma novela do escritor João Antônio. O protagonista já está escolhido e será o dramaturgo Gianfrancesco Guarnieri. Alguns outros nomes do elenco: Odete Lara, Dina Sfat, Grande Otelo, Lima Duarte, Nelson Xavier, um elenco, como se vê, da maior categoria".

Bom, o Capovilla passou aqui com o Guarnieri e nós marcamos isto. Porque você há de convir no seguinte: o Paulinho Perna Torta é um personagem muito desdobrável. Na batida em que ele vai, eu parei a novela onde eu quis. Na batida em que ele vai, pode se transformar até em um líder. Ele pode ser, por exemplo, um cartola, ele pode ser um dono do jogo do bicho, ele pode ser um contraventor de qualquer uma dessas espécies que andam por aí. Não quero dizer que os cartolas sejam contraventores. Pode ser um dos donos do poder, seja o poder legal ou o poder marginal. Ele pode ser um novo Natal da Portela, ele pode ser um novo presidente de clube de futebol, entende, ele é muito desdobrável, o Paulinho. E é justamente em cima disso que o Capovilla e o Guarnieri vão fazer o filme.

Ou um cabeção...

– É, ou um cabeção. O que há em Paulinho é que ele é um herói, ou anti-herói, como queira, ele é um personagem inconsciente. O Paulinho vai sendo envolvido pelas coisas, envolvido, e acaba esmagando o que ele tem de melhor dentro dele, e dá apenas o que tem de pior, porque dando o pior, em termos de sociedade, o resultado é mais imediatamente lucrativo. Paulinho é um aturdido, é um homem jogado nas situações, é um homem que não faz situações, as situações o fazem.

Estas situações se fazem também "molhando a mão dos ratos, que os arreglos são de lei, acabarei dando muitas de cerca-lourenço, muita piaba e bastante pau nessa cambada de fariseus, sambudos e maltopados" (trecho do conto "Leão-de-chácara"). Porrada. O autor usa de gírias, particularmente neste segundo livro, mas não assume um caráter banal nas falas malandras. Por outro lado, não procura fazer disso um exercício de linguagem. Suas gírias, que são as gírias colhidas no cotidiano, são transubstanciadas para termos literários, e usadas com muita picardia – termo que João gosta muito de usar, talvez em excesso.

– Eu sempre procurei trabalhar com a língua do povo em termos de transfiguração artesanal. Eu não aproveito a gíria apenas enquanto vocábulo, mas também como sintaxe. Eu sempre procuro estabelecer uma sinonímia qualquer, nos capítulos, períodos e tal, para abrir ao leitor comum.

Mas ainda tem muita gente que não vai entender, nem encontrar a palavra no dicionário. É claro que este é um problema que nem passou pela cabeça do Guimarães Rosa...

– Claro, porque se você está fazendo um perfil na primeira pessoa de um leão-de-chácara, como fugir da essência de sua linguagem? Como fugir do espírito da sua linguagem? E se alguém não entender bulhufas nenhuma das palavras, entenderá tudinho do sentido, porque é porrada do começo ao fim, e só não vai entender quem não quiser ler, porque, entende, é porrada do começo ao fim, então o sujeito vai entender até por ouvido.

Sua gíria não é a usada pela classe média, que roubou a gíria do malandro.

– A gíria é como uma espécie de código para detentos, algo que em círculos fechados os perseguidos e humilhados usam para desnortear os seus perseguidores e humilhadores. A gíria, então, nasce de onde está o que se chama hoje de marginália, e que eu chamo de merduncho. Aliás, eu já tenho uma certa ojeriza à palavra malandro, acho que ela é uma palavra muito imprópria, não existe o malandro. Embora eu tenha usado isso em *Malagueta, Perus e Bacanaço*, e em *Leão-de-chácara* eu já use menos, daqui pra frente vou usar cada vez menos. Realmente, não existe malandro, existe é o merduncho, entende, que é um pingente urbano, um sobrevivente em péssimas condições. Bem, nos guetos onde vivem essas populações, nos morros, nas favelas, mais principalmente nas cadeias, nos hospícios, surge uma nova língua, que é a língua para desnortear os perseguidores. Então, enquanto essa gíria é um código, ela é uma gíria que tem uma força tremenda. Quando cai de posse da classe média ela começa a perder a força, inclusive porque se torna manjada.

No submundo merduncho até os gestos equivalem a gírias. Como neste trecho do conto "Malagueta, Perus e Bacanaço": "E os olhos malandros dos três se encontraram, se riram, se ajustaram, gozosamente, na sintonia de um conluio que nasceu dissimulado". Esses sinais, que fazem parte da linguagem marginal, foram absorvidos nas experiências pessoais do contista de São Paulo, e demonstram um aguçado espírito de observação.

– Eu sempre convivi muito com o pessoal de estrada de ferro, de beirada de estrada de ferro, entende, porque sempre morei por perto. Então eu me aproximava muito daquele pessoal, porque eu achava que apesar de sofrido, de mais malvestido, era um pessoal muito vivo e humanamente muito colorido, muito interessante, e aquela situação terrível deles sempre me chamou a atenção. Convivi e convivo até hoje com essa turma toda. Ainda faço viagem de trem, aqui no Rio e em São Paulo. Quando eu era repórter e tinha que fazer um trabalho em Cascadura pra falar de estrada de ferro, eu ia de trem, não ia na viatura do jornal.

CONSCIÊNCIA LITERÁRIA

Vamos falar de um escritor que você ressuscitou porque quase ninguém fala nele. É o Lima Barreto.

– Exatamente pra pessoas que estudam Letras e não conhecem Afonso Henriques de Lima Barreto, cuja obra é capital, não apenas na literatura brasileira, mas na cultura e na inteligência brasileira. O dia em que houver uma reavaliação de valores no Brasil, o senhor Lima Barreto será apontado como um dos mais significativos homens do país. Ele é excelente do ponto de vista político, do ponto de vista econômico e do ponto de vista de uma administração brasileira. Um mulato que pagou caro pelo talento que teve, ainda mais porque assumiu a sua condição de negro, enfrentou todos os percalços e dificuldades que isso impunha, e fez uma obra simplesmente, a meu ver, única no Brasil. Foi sobretudo um homem de uma força de vontade fora do comum e que transformou a literatura numa função, numa missão. Não ficou apenas no beletrismo, numa época em que o beletrismo era moda e quase obrigação. E essa minha exortação toda é porque eu acho que esse autor tem que ser redescoberto pela juventude brasileira, porque o grande recado do Lima Barreto é pra juventude brasileira. Lamentavelmente, ele não tem sido conhecido como merece.

Quais outros autores que você admira, e que influenciaram ou não em sua formação literária?

– Os autores que me deram alguma coisa, dos brasileiros, foram aqueles autores que se distinguiram por uma oposição de coragem diante da literatura, não somente por fazerem uma fatura estética de alto valor, mas também por buscar caminhos cujo epicentro é o homem brasileiro. Manuel Antônio de Almeida, Graciliano Ramos, José Lins do Rego, Lima Barreto, gente para a qual a literatura não teve um minuto que significasse brinquedo, a literatura não era pó de vaidade, ela era objetivo na vida. E não se pense que em algum momento eles quiseram destruir o homem brasileiro, pelo contrário, eles quiseram compreender e expô-lo e ver se melhora alguma coisa em torno desse homem.

Esse é o objetivo de qualquer literatura que se preze. Mesmo os autores estrangeiros que me influenciaram e que influenciam qualquer jovem que vá se dedicar à literatura, são aqueles autores eternos, os Cervantes, os Dostoiévskis, os Balzacs, os homens para os quais a literatura é um corpo-a-corpo com a vida e não uma atitude literária, vazia de sentido.

Os indivíduos sem eira nem beira, sujos e subnutridos, que saltam das páginas de João Antônio estão quase sempre às voltas com a polícia, a rataria que para apresentar serviço começa a vasculhar. Mas é muito difícil de se entender o papel da polícia em certos momentos, não na ficção, e sim dentro da sua função de equilíbrio entre as forças sociais. A polícia previne o crime ou fomenta criminosos? E João esclarece:

– Vou procurar falar como meu pai falava, através de parábolas, porque é evidente que a polícia fomenta criminosos, cria marginais, é evidente que a polícia alimenta tudo isso, não somente a polícia, mas também a crônica policial, que é omissa e corrupta. Diz o meu pai, que é um motorista de caminhão, um homem sofrido, chegado aqui com uma mão na frente outra atrás, é um homem que não tem o primário feito mas tem muita sensibilidade. Basta dizer que toca todos os instrumentos de corda por música e sabe lidar com orquídeas. Meu pai diz o seguinte: "Pessoas de boa índole não podem ser profissionais de polícia". Há pessoas no Brasil que são roubadas e não procuram a polícia porque a polícia analisará o que poderá ainda roubar dessa pessoa. A corrupção policial, a incompetência policial, a nossa relapsia policial, a nossa preguiça, está tudo provado. Agora existe uma onda de sequestros nesta cidade. Hoje, dia 21 de agosto de 1975, eu abri um jornal que falava de quatro sequestros. Naturalmente de quatro que podem ser falados. E faz exatamente dois anos que sumiu o menino Carlos Ramirez, o Carlinhos da rua Alice, e que até hoje continua sem solução. O que está acontecendo é as famílias a pedir segurança, as mães apavoradas levando seus filhos. Onde está essa gloriosa polícia dos Homens de Ouro? Onde está esse instrumento policial caríssimo que o contribuinte brasileiro sustenta, onde está? Não estou culpando só a polícia não, a polícia tem culpa, mas também todos nós temos culpa. Eu me lembro na cobertura de Carlinhos, foi fuxicado todos os aspectos íntimos dos pais de Carlinhos. Que apetite idiota é esse de ficar fuxicando a vida das pessoas e não resolver os verdadeiros problemas.

Enquanto isso, na praça Mauá, os novos vão crescendo...

Coordenação editorial RODRIGO LACERDA
Projeto gráfico RAUL LOUREIRO
Capa RAUL LOUREIRO e RODRIGO LACERDA
Preparação FÁBIO GONÇALVES
Revisão HARUE OHARA AVRITSCHER e MARIA HELENA ARRIGUCCI
Compilação dos apêndices JANE CHRISTINA PEREIRA
Fotografia ISMAR DE ALMEIDA

A editora agradece ao Acervo João Antônio, vinculado ao Centro de Documentação e Apoio à Pesquisa da Universidade Estadual de São Paulo, em Assis, por sua colaboração na pesquisa necessária para esta edição.

4ª reimpressão, 2009

Nesta edição, respeitou-se o novo Acordo Ortográfico da Língua Portuguesa

Catalogação na Fonte do Departamento Nacional do Livro
(Fundação Biblioteca Nacional)

Antônio, João [1937–1996]
Leão-de-chácara: João Antônio
São Paulo: Cosac Naify, 2002
184 pp.

ISBN 978-85-7503-105-6

1. Literatura do Brasil
2. Literatura brasileira
3. João Antônio CDD 869-B

COSAC NAIFY
Rua General Jardim, 770, 2º andar
01223-010 São Paulo SP
Tel [55-11] 3218 1444
www.cosacnaify.com.br

Atendimento ao professor [55-11] 3218 1473

Obras do autor pela Cosac Naify

PUBLICADAS

Abraçado ao meu rancor
Ô, Copacabana!
Malagueta, Perus e Bacanaço
Dedo-duro

Fontes
Bembo 12/15.5
News Gothic

Papel
Paperfect 104 g/m²

Impressão
Geográfica

Tiragem
3 500